KB105567

말하지 않는 아이들의 속마음

말하지 않는 아이들의 속마음

이다빈 지음

들어가며

24년 동안 나는 아이들에게 글쓰기를 가르치면서 아이들의 정서적 변화를 관찰해왔다. 부모의 자식에 대한 높은 기대와 아이들의 친구 관계에 대한 스트레스는 해가 갈수록 커져 가고 있다. 아이들의 자존감은 바닥으로 내려가 있고 우울증을 겪는 아이들도 많아졌다. 최근엔 자해하는 아이들과 정신과 치료를 받는 아이들이 많아 마음이 복잡해졌다.

아이의 성장을 가장 가까이에서 지켜보는 사람은 부모이지만 서로 같은 공간에서 살고 있기 때문에 자식을 세상의 흐름에 놓고 보지 못한다. 많은 부모가 자식 걱정을 하고 있지만 정작 자기 자신의 문제는 잘 들여다보지 않는다. 그러다 보니 부모 자신의 치유되지 않는 상처가 자식에게 대물림되는 경우도 많다. 자식에 대한 기대는 사실 자신의 실패를 보상받으려는 행위인 것이다. 그러는 동안 아이는 어둡고 위험한 감정들을 내면에 차곡차곡 쌓아간다. 부모는 아이가 이것을 표출하기 전까지는 알지 못한다.

나 역시 자식 둘을 키우면서 아이들이 겪는 고통을 생생하게 지켜보았다. 부모가 모든 고난으로부터 자식을 지켜낼 수 없다는 것을 상실과 이별을 겪음으로써 비로소 알게 되었다. 7, 80년대 물질의 결핍을 겪은 부모들은 아이들에게 물질적 풍요를 선사했지만 아이들은 물질보다 부모의 사랑과 인정을 더 갈망한다. 정신의 양식을 제대로 먹지 못한 아이들의 마음은 가난하고 병들어 있다.

나는 아이들에게 글쓰기를 하기 전에 그동안 외면했던 고통 속으로 들어가 세밀히 살펴보라고 했다. 그리고 그 이야기를 거르지 말고 충분히 쓰라고 했다. 세상의 모든 일은 반드시 원인이 있으며 그것을 알아차리기만 해도 마음이 안정되기 때문이다.

글쓰기는 억압해온 마음을 풀어내고 자율성을 찾아내는 데 큰 역할을 한다. 자신이 겪은 트라우마적 사건들로부터 치유받기 위해서 글을 쓰는 작가들도 많다. 글을 쓰면 삶의 강박에서 벗어나 현실의 흐름을 탈 수 있다.

아이들은 글을 쓰면서 마음의 상처 때문에 생긴 절망과 무기력을 밀어내기 시작했다. 그러자 상처는 조금씩 아물고 관계도 새로워졌다. 이 책은 그러한 과정의 한 부분이다.

2019년 여름, 이다빈

목차

제 2 부

세상을 떠도는 아이들

제1부

자기만의 세상에 (갇힌)

아 이 들

삶과 죽음의 줄타기

우리는 죽고 싶었으며 동시에 살고 싶었다.

-희주의 노트 중에서

살고 싶어요

"살고 싶어요. 제가 없어진 것 같아요."

희주가 나에게 1년 동안 글을 배우면서 이렇게 눈물을 흘린 적은 없었다. 전에 없이 격하게 속마음을 드러냈다. 고1 겨울방학이 되면서 희주와 이야기를 할 시간이 많아지다 보니 깊은 이야기까지 나누게 된 것이다. 희주의 얼굴에는 화색이 돌았고 한결 가벼워진 느낌이 들었다.

희주는 내 이야기를 집중해서 듣긴 하지만 질문도 대답도 거의 하지 않아서 나 혼자서 지칠 때까지 말하는 경우가 많았다. 그렇게 내 하루의 에너지를 다 받아가지만 다음 수업에서 다시 만나면 원점으로 돌아와 있곤 했다.

희주는 왼쪽 손목에 있는 상처를 보여 주었다. 하얀 살결 위에 검붉은 핏줄이 밖으로 튀어나와 있었다. 아이들 사이에서는 자해의 흔적을 '바코드'라고 부른다. 마치 상품에 찍힌 바코드처럼 여러 줄이 그어져 있기 때문이다. 희주의 손목엔 선이 많지 않았는데 희주는 한 번 그은 선 위에 또 긋는다고 했다. 자해를 하다가 피가 멈추지 않아서 병원에 가서 봉합을 하고 온 적도 몇 번 있다고 했다. 손목에 내려앉은 고통의 흔적을 보니 그 긴 시간을 어둠

속에 갇혀 있었을 아픔이 전해져 왔다.

"참 힘들었겠구나. 아프진 않았어?"

"아팠어요. 그런데 이상하게 몸이 아프니까 잡생각이 나질 않았어요. 그런 제 자신이 이상했어요. 팔에서 흘러나온 피가 제 눈물 같아 보였어요."

희주는 자기 입으로 '자해'라는 말을 내뱉기까지 1년이나 걸렸다. 그런데 지금은 그 단어를 말하는 데 아무런 걸림돌이 없다. 그렇다고 해서 치유된 건 아니다. 여전히 정신과 치료를 받으며 약을 먹는다. 자해하는 아이들은 소통을 원하지만 곧 자신 안으로 깊이 들어가 버리는 경향이 많다. 이건 희주만의 문제가 아니다. 최근에 많은 학생이 이런 문제를 토로했다. 집 밖을 나와 가까운 공원이라도 산책해 보라고 했지만 그것조차 어려운 희주의 문제를 나는 어떻게 해서라도 풀어내고 싶었다.

희주
NOTE

영지와는 악연인 건지 중학교에서도 나와 같은 반이 되었다. 영지는 무리를 만들어 다니며 예전과 같은 방법으로 나를 괴롭혔다.

"쟤는 왜 살까? 저 새끼 학교 안 나왔으면 좋겠다."

그 말을 듣는 순간 고통 없이 죽을 수만 있다면 정말 죽고 싶었다. 죽고 싶은 마음에 의자를 받치고 올라가 창문 난간에 앉아 아래를 바라봤다. 몇 분이 지나자 창문 아래로 사람들이 조금씩 모여들었다. 그 모습을 보고 있자니 본능적으로 죽는다는 것이 두려웠다. 나는 그날 창문을 닫은 후 아무렇지 않은 듯 행동했다. 내 고통을 어떻게 얘기할지 생각하면 말의 무게가 한없이 무겁게 느껴졌다.

우울의 시작

희주의 우울증은 초등학교 5학년 때부터 시작되었다. 전학을 가게 된 희주는 교실 앞에 서서 자기소개를 했다. 아이들은 전학 오기 전 학교는 어디였는지, 무엇을 좋아하는지 등등 이것저것 물어댔다. 쉬는 시간에는 다른 반 아이들까지 와서 희주를 원숭이 보듯이 훑어보고 갔다. 체육시간이 되자 아이들은 희주의 달리기 기록과 자세를 가지고 비웃었다.

"야, 오크 족장! 네 몸무게 50kg은 넘지?"

아이들은 희주의 통통한 몸매를 가지고 놀렸고 선생님의 눈치를 슬슬 살피며 희주를 경기에서 빠지게 하거나 차례를 다른 아이에게 넘겼다. 게다가 또래들보다 유독 키가 작은 희주는 놀잇감을 찾던 아이들의 공격 대상이 되기에 충분했다. 희주는 자연스레 반에서 소외되었다. 희주는 괴롭힘의 원인이 자신의 외모 때문이라고 생각할 수밖에 없었다. 점심시간이 되면 잠시라도 괴롭힘에서 도망치고 싶은 마음에 도서관으로 가서 책을 읽었다. 소설책부터 역사책까지 보이는 대로 다 읽었다. 주인공이 슬퍼하는 장면만 나와도 그 이유가 무엇이건 공감했다.

맞벌이를 하는 부모가 집에 늦게 들어오는 날이 잦아지면서 희주는 혼자 있는 시간이 늘어나게 되었다. 희주는 학교에서 괴롭힘을 당했지만 맞서 싸우지 못하고 묵묵히 참아냈다. 부모가 의례적으로 학교생활이 어떤지 물을 때마다 희주는 괜찮다며 얼버무렸다.

그러다가 희주는 아이들의 괴롭힘이 견딜 수 없을 정도가 되자 엄마에게 이야기하기로 했다. 외동이라 얘기할 사람은 부모밖에 없었다. 희주는 용기를 내어 말했지만 엄마는 오히려 희주를 탓하며 사춘기가 와서 그런 거라고 대수롭지 않게 넘어갔다. 그 후로 희주는 입을 닫고 사람들을 피해 다니며 혼자 노는 법을 익혀 갔다.

아이들이 힘든 일을 겪고 있을 때 섣불리 평가하거나 해결책을 제안하기보다는 귀담아 들어 주는 것만으로도 아이들은 치유가 된다. 희주처럼 힘든 일을 계속해서 겪다 보면 한계치에 부딪혀서 스스로는 못 이겨낸다. 우울을 감당하지 못해 부모에게 털어놓으면 대부분의 부모는 희주 엄마처럼 그저 투정으로 넘기거나 비꼰다. 폭언과 폭력을 행사해서 아이의 그림자에 짙은 색을 덧칠하는 부모도 있다. 그런 경험이 있는 아이들은 두려움 때문에 말을 하지 않게 되는 것이다.

부모님은 그런 내 마음과는 달리 시험이 다가오자 좋은 성적을 요구하기 시작했다. 아빠는 학생의 본분은 공부라며 평균 80점을 넘기지 못하면 자신이 직접 내 공부를 가르치겠다고 했다. 사소한 일에도 화를 잘 내고 소리를 지르는 아빠와 같이 공부하는 것은 상상만 해도 끔찍한 공포였다.

그러던 어느 날 나는 숙제 중 일부를 잊어버린 채 잠이 들었다. 얼마나 흘렀을까. 멀리서 아빠의 화난 목소리와 엄마가 나를 깨우는 소리가 들렸다. 시계를 보니 열두시였다. 거실로 나와 보니 깜빡한 숙제와 회초리가 보였다. 아빠는 숙제를 가리키며 말했다.

"우선 한 대 맞고 시작하자."

회초리로 세 대를 맞고 몇 시간 전 끝내지 못한 숙제를 모두 끝내고 나서야 잠들 수 있었다.

아빠가 괴물처럼 보였다. 나는 괴물과 같이 공부하기 싫어서 점수를 올리기 위해 공부를 했다. 아빠는 내가 밤늦게까지 안 자고 책상 앞에 앉아 있으면 칭찬을 해주거나 다음날 퇴근할 때 내가 좋아하는 음식을 사들고 오곤 했다. 그걸 보면서 내가 공부를 해야 아빠가 나를 사랑해주고 인정해 준다는 것을 알게 되었다.

학기가 바뀌고 시험 점수가 2~30점 가량 올랐지만 이과 과목의 성적이 낮아 평균 80점에 미치지 못했다. 다음 시험에는 아빠가 직접 나를 가르치겠다고 했다. 나는 스스로를 태어나서는 안 될 악마, 지지리도 못난 딸, 노력이라고는 하지 않으면서 징징대는 게 전부인 사람으로 여기게 되었다.

부모는 내게 뭐든 열심히 하라고 말한다. 나는 굶주린 사랑을 채우기 위해 열심히 공부했다. 하지만 부모는 내 '열심히'라는 기준에 만족하지 못했다. 성적표가 나오던 날, 나는 칭찬 대신 비아냥을 들었다. 뭘 해도 부모의 기준에 맞추지 못할 것이고, 뭘 해도 부모에게 사랑받지 못할 것이라는 생각만 가득했다.

죽는 게 나을 것 같다는 생각이 든다. 내가 죽으면 부모는 잘못을 뉘우치지 않을까? 죽은 뒤라도 날 사랑했다며 우는 모습을 볼 수 있지 않을까?

성적에 비례하는 사랑

희주는 자신의 이야기를 들어주지 않는 부모를 비난하면서도 한편으로는 부모의 사랑을 갈망하고 있었다.

"네가 없어지면 부모님이 행복하실 것 같니?"

"모르겠어요. 그럴 거란 생각이 자꾸 들어요. 부모님은 자신들의 말과 행동이 자식에게 어떤 영향을 끼치는지 모르는 것 같아요."

"네가 얼마만큼 아픈지 잘 모를 수도 있지. 부모라고해서 자식이 느끼고 생각하는 모든 것을 알거나 통제할 수는 없어. 그리고 내 자식은 그런 짓을 절대 하지 않을 거라는 완고한 믿음 때문에 눈에 뻔히 보이는 것도 놓치게 되지."

"부모님은 힘든 일이 있으면 다 말하라고 해놓고 막상 말하면 니가 뭐가 힘드냐, 사회에 나가면 더 힘들다고 말해요. 이런 말만 하니 더는 말하기가 싫어져요."

"너와 나도 너희 부모님도 집이나 사회에서 받은 상처를 안고 살아가잖아. 네가 좀더 단단해지길 바라는 마음일 수도 있지."

"글쎄요. 저를 사랑하는 것 같지 않아요. 사랑한다고 해도 저에겐 턱없이 부족하다구요."

중학교 2학년이 되자 나는 공부를 서서히 놓기 시작했다. 내가 노력해봤자 아무도 알아주지 않았고, 노력이라는 단어조차 불분명해졌다. 영지의 잔해, 아빠의 잔해, 또 여전히 나를 꺼리는 아이들이 내 머릿속을 헤집었다. 나를 이렇게 만든 사람들을 향한 분노가 차오르면 아무도 없는 거실에서 소리치며 울었다.

“나한테 왜 이러는데 씨발! 내가 뭘 잘못했는데!”

아빠와 영지를 죽을 때까지 때리고 싶다는 생각도 들었지만 아무것도 할 수 없었다. 결국 내 마음대로 할 수 있는 건 내 몸뿐이었다. 그래서 자해를 시작했다.

자해를 어떤 방식으로 알게 됐는지는 기억나지 않지만 처음 자해를 했던 순간과 그 이후는 또렷이 기억난다. 나는 집에 있던 녹슨 커터칼을 집어 들었다. 칼을 든 오른손이 덜덜 떨렸다. 심장은 두근거렸고 왼쪽 손목에서는 칼날의 시린 감촉이 느껴졌다. 칼로 몇 번을 긋고 나서야 한 줄의 얇고 긴 상처가 생겼다. 칼을 내려놓은 다음 한참 동안 멍하니 서 있었다.

도덕적으로 올바른지의 여부는 중요하지 않았다. 그저 잠깐의 표출과 광기만이 남아 있을 뿐이었다. 처음엔 덜덜 떨리던 오른손도 더는 떨리지 않았다.

내 손목의 얇았던 상처들은 더 두껍고 깊어졌다. 상처가 생겼다 아물고 흉이 지기를 반복해 내 왼쪽 손목엔 수많은 주저흔이 생겼다.

손목에 흐르는 눈물

아이들은 오랜 세월을 고통에 몸부림치지만 부모들은 아이들에게 상처가 생겼을 때에야 비로소 인식한다. 희주 엄마 역시 어느 날 희주 방에서 물건을 찾다가 핏방울이 굳어 있는 이불과 칼을 발견하고 딸에게 문제가 생겼다는 것을 직감했다. 그래서 딸의 팔을 잡고 옷을 걷었더니 붉은 줄이 보였다. 엄마는 놀라서 소리쳤다. 희주는 엄마의 눈을 똑바로 쳐다보지 못하고 고개를 숙인 채 미안하다는 말만 되뇌었다. 희주 엄마는 곧바로 남편한테 전화를 걸었다. 퇴근한 희주 아빠 역시 딸의 손목에 그어진 붉은 줄을 확인하고는 부엌에서 식칼을 가지고 와서 모두 같이 죽자고 했다. 희주 엄마는 그러지 말라고 남편을 말렸고 한참을 그러다 겨우 진정이 되었다. 희주 부모는 자식을 충분히 사랑하고 있다고 믿었을 것이고, 자신의 외동딸이 자해를 할 거라고는 추호도 생각하지 못했을 것이다.

아이들이 걸린 정신적인 병은 누구나 살아가면서 한 번쯤 겪는 병이다. 육체의 병은 지나치게 걱정하면서 정신의 병은 보이지 않으니 잘 모르게 된다. 많은 아이가 지금도 상처받고 있고, 부모가 힘들어할까봐 숨기며 아파하고 있다. 그러니 부모는 세상에서 자신보다 아이를 더 잘 아는 사람은 없을 거라는 착각을 하지 말아야 한다. 자식을 아무리 사랑해도 완전히 지킬 수는 없는 것이다.

"자해가 나쁜 걸까요? 자해를 하게 만든 이 세상이 나쁜 걸까요?"

"어떤 게 나쁘다고 극단적으로 결론내릴 수는 없지. 사람은 어떤 식으로든 관계를 맺고 살아야 하다 보니 살다 보면 상처도 받고 치유도 되고 하는 거야. 상처를 치유하려면 어디에서 상처를 받았는지를 알아야 해. 상처를 외면하지 말고 깊이 들여다보는 것부터 해야겠지."

나는 희주에게 위로의 말을 건네는 것보다 희주 스스로가 이야기를 꺼내놓길 바랐고, 말하기 힘든 부분은 글로 쓰게 했다. 희주는 그동안 고민했던 것들을 써서 메신저를 통해 실시간으로 보내왔다. 희주가 이렇게 자신의 이야기를 적극적으로 하기까지는 긴 시간과 용기가 필요했다.

희주
NOTE

나는 여전히 수면 아래로 빨려 들어가고 있었다. 달라진 거라면 친구가 한 명 생겼다는 것이다. 은혜였다. 나는 은혜에게 내 우울한 과거를 털어놓았다. 은혜도 내게 속내를 보여 주었고 그 과정에서 은혜 역시 우울과 함께 살고 있다는 말을 들었다. 우리는 각자의 생각과 글을 함께 나누었다.

나는 은혜와 내세나 환생 따위 없는 완전한 끝에 대해서 이야기를 나눴다. 죽음만이 이 생을 끝내고 '나'라는 사람을 완전히 지워버릴 수 있는 방법이라 믿었다. 그때부터 가끔 유서를 쓰기 시작했다. 나는 그 유서를 은혜에게 보여 주었다. 처음에 은혜는 내가 걱정된다는 듯 조심스레 상담을 권했다. 나는 사실 누군가가 나를 살려주기를 간절히 바랐다. 은혜는 나보다 먼저 상담을 시작했지만 시간이 지나면서 우리의 우울은 더 깊이 침잠했다. 그때 은혜가 말했다.

"처음에 네가 유서 보여 주고 그랬을 때는 어떻게 그러지 싶었는데 이젠 알겠더라. 그럴 수 있다는 걸."

상처를 공유하다

희주는 커터칼로 손목을 처음 그은 그날 이후로 SNS에서 자해하는 아이들의 이야기를 찾아보았다. 자기와 같이 힘든 아이들이 많다는 것을 알게 되자 동질감이 느껴지면서 위로가 되었다. 온라인에서는 이름, 성별, 나이, 얼굴을 숨긴 채 다른 사람으로 살아갈 수 있어서 매일 휴대폰을 붙잡고 있었다. 온라인에서 사귄 친구들에게 자신의 일거수일투족을 말하고, 그들의 이야기를 듣고 싶었다. 하지만 누군가의 이야기를 들어줄 여유가 없었던 희주는 자기 말을 쏟아내기 바빴고 친구들은 하나 둘 떠나가기 시작했다. 희주는 그들에게 분노와 증오를 느꼈지만 자신 역시 누군가에게 상처를 주고 있었다는 걸 깨달았다.

아이들은 누구에게라도 위로를 받고 싶은 마음에 SNS를 하기도 한다. 하지만 누군가 악성 댓글을 올리면 상처는 배가 되어 돌아온다. 예를 들어 관심 받으려고 자해를 하는 '패션 자해충'과 같은 말을 들었을 때다. 자해하는 아이들은 자기 자신을 상처 입히는 게 이 세상에서 살아가는 것보다 덜 아프다고 말한다. 역설적으로 피를 보면 오히려 자기가 살아있다는 생각을 하게 된다고 한다. 스스로에게 고통을 가해 감정을 조절하려고 자해를 하는 것이다. 적절한 도움을 받으면 나을 병도 주변의 부정적 인 시선에 감추다 보니 아이들은 스스로 소외되고 병은 깊어만 가는 것이다.

혼자 노는 것에 익숙해진 희주에게 유일하게 위안이 되어 주는 건 음악이다. 하루종일 이어폰을 끼고 다니며 음악을 듣는 희주는 언젠가부터 작사가를 꿈꾸고 있었다. 나는 아이들을 모아 작은 음악회를 열기로 했다. 아이들 각자 하고 싶은 이야기를 가사로 쓰고 멜로디를 붙여 부르기로 한 것이다. 작사를 하는 동안 아이들은 마음속에 담아두었던 이야기를 서로 나누었다. 이 과정에서 아이들은 누구나 상처가 있고, 고민하면서 살아간다는 걸 느꼈다.

막연히 작사가의 꿈만 꾸었던 희주는 노랫말 쓰기가 생각보다 쉽지 않다는 것을 알게 되었다. 하지만 쓴 글을 계속 읽고 고치면서 언어의 리듬을 찾아냈고 멜로디를 만들어낼 수 있었다. 작사에 몰두하는 동안 희주가 자해를 하는 횟수도 줄어들었다.

희주
NOTE

작은 손에 씨앗 들고

흙을 파는 아이

어떤 꽃이 필까

기다리네 기다리네

하루가 지나고

이틀이 지나도

꽃은 피지 않아

서성이네 서성이네

빨리 피라고 재촉하는 너

왜 그러지 못하냐고 다그치는 너

내겐 시간이 필요해

기다려줘

봄이 오면 꽃은 핀다는데

나는 꽃이 아닌가봐

나는 왜 나는 왜 나는 왜

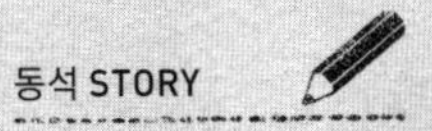

판타지 세상 속으로

내가 열지 않는 이상

진짜 '나'는 세상 밖으로 나오지 못한다.

-동석의 노트 중에서

판타지 소설

"저는 그동안 판타지를 써왔고 현재 고3인데 어떻게 해야 할까요?"

글쓰기 상담을 하러 온 동석이는 큰 덩치에 어울리지 않게 작고 귀여운 목소리를 가지고 있었다.

요즘 남학생들의 글쓰기는 대부분 판타지 소설로 시작한다. 판타지 소설을 쓰는 아이들은 자신이 쓴 글을 잘 안 보여 준다. 판타지 소설이 백일장에서 인정받지 못한다는 것을 알고 있기 때문이다.

"그럼 계속 판타지 소설을 쓸 생각이니? 아니면 다른 글쓰기를 해보려고 하는 거니?"

"고3이 되니까 앞으로 뭘 해야될지 고민하다가 제 자신의 글에 대해 생각하게 되었어요. 제가 쓴 글들은 사람들에게 재미는 줄 수 있지만 그것뿐이라는 것을 알게 되었어요."

"그동안 판타지를 써왔으니 미련이 남아 있을 수도 있어. 판타지라는 장르 대신 다른 글쓰기를 하려면 네가 왜 판타지 소설을 좋아했는지부터 써봐."

동석이는 자신의 이야기를 솔직하게 글로 털어놓았다.

나는 왜 판타지를 좋아했던 걸까? 갑작스레 생긴 질문은 내 머릿속을 떠나지 않았다. 선생님의 질문에 고민을 하던 중 정답은 의외의 장소에서 발견되었다. 침대에 누워 있던 나는 내 방 천장을 바라보았는데 하늘이 그려진 벽지였다. 그 하늘을 보며 자유롭고 싶다는 생각을 하게 되었고, 그 바람은 점점 커져 갔다. 그러자 마음속 깊은 곳에 있던 것이 꿈틀거렸다.

나는 그제서야 알게 되었다. 자유를 원했던 나는 글을 쓰기 시작했고, 그 중에서도 판타지 소설을 고르게 된 것이었다. 정답을 알고 나니 마음이 홀가분해졌다.

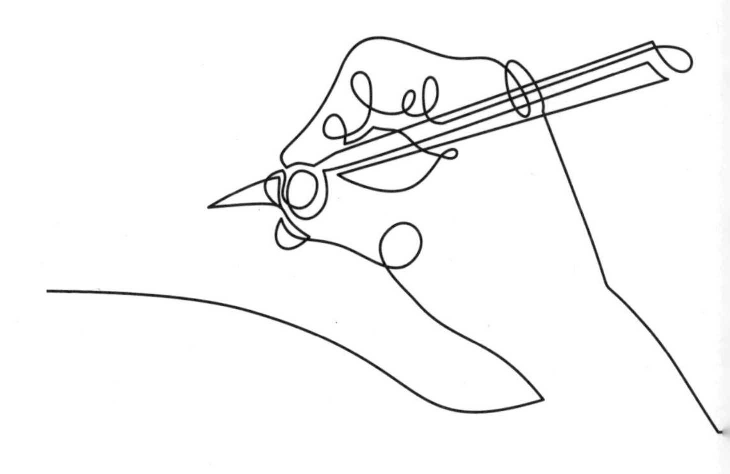

상상 속의 세계

동석이가 처음으로 글에 빠지게 된 것은 중학교 3학년 때부터였다. 아침부터 저녁까지 부모님 얼굴도 못 본 채 혼자 지내던 동석이는 마치 주인 잃은 개처럼 어슬렁거리다가 친구로부터 소설책 하나를 받게 되었다. 늘 똑같은 하루를 지내며 세상 사는 것에 지쳐 있던 동석이에게 친구의 소설책은 너무나도 자극적이었다. 지구가 핵전쟁으로 황폐화되고 사람들이 지하철에 숨어 살며 괴물들을 막아내는 이야기를 담은 소설책은 현실에서는 있을 수 없는 이야기들로 가득했다. 그때부터 글은 동석이에게 친구 같은 존재가 되었다.

동석이는 돈을 모아 수많은 판타지 소설책을 사서 읽게 되었다. 판타지 세계에 빠져들어 주인공과 하나가 되어 생활했다. 동석이는 어느새 책장이 꽉 찰 정도로 판타지 소설책을 모으게 되었다. 그러다 보니 어느 순간부터 돈이 부족해지기 시작했고 새로운 방법을 찾아야만 했다. 그래서 시작하게 된 것이 판타지 소설 쓰기였다.

소설가를 꿈꾸게 된 동석이는 새벽까지 잠도 안 자고 글쓰기에 몰두했다. 등장인물을 만들어 보고 세계관을 구성했다. 그리고 그 플롯을 토대로 글을 썼다. 글을 쓰는 동안에도 판타지 소설을 읽는 것과 같은 느낌을 받았다. 동석이는 자신이 지어낸 이야기 속에 빠져 현실로 나오지 않았다. 학교에서도 상상 속에 빠져 주변의 소리를 차단한 채 살아갔다.

판타지 소설을 쓰는 아이들은 판타지 소설을 못마땅하게 여기는 사람들에게 『반지의 제왕』, 『해리 포터』와 같은 작품을 예로 들며 판타지 문학의 성공을 이야기한다. 하지만 서양과 달리 우리나라 판타지 소설은 작품성보다는 상업성 위주의 작품이 대다수이고, 틀에 박힌 내용이 많다. 수준 미달의 작품이 반드시 판타지 장르에서만 나오는 것은 아니지만 유독 판타지 소설이 문학 장르로 깊숙이 자리잡지 못하는 이유는 주제의식이 부족하고 아직까지 주 독자층이 중고생이기 때문이다.

일반적인 소설도 작가의 상상력이 더해지긴 하지만 현실에서 일어날 법한 일을 바탕으로 쓰여지는 반면, 판타지 소설에서는 몇천 명의 사람들이 칼부림 한 번에 죽어나가는 식의 허무맹랑한 이야기가 전개되는 경우가 많다. 그러다 보니 현실도피 수단으로 판타지 소설을 택한 아이들은 점점 더 현실 감각이 떨어지고 더욱 큰 공허함을 느끼는 것이다.

동석
NOTE

어려서부터 호기심이 많았던 나는 늘 사소한 것에도 관심을 가졌다. 남들이 하는 것은 다 해보고 싶었고 모두가 그러려니 하는 것도 세상을 처음 보는 아기의 눈으로 바라보았다. 그래서인지 나는 하고 싶은 일들이 많아졌고 수많은 꿈을 꾸게 되었다. 초등학교 때 담임선생님이 장래희망을 그려 보라고 해서 13장을 그려 냈을 때 선생님이 지었던 표정이 아직도 머릿속에 생생하다. 하지만 그것은 초등학교 때나 통하던 일이었다. 중학생이 된 나에게 큰 시련이 다가왔다. 장래희망란에 수많은 직업을 써놓은 내 자기소개서를 본 선생님이 나를 불렀다.

"너 지금 나랑 장난하니?"

선생님의 말은 나를 깊숙하게 찔렀고 그때 처음으로 마음에 상처를 입었던 것 같다. 그 후로도 선생님은 계속 화를 냈다. 결국 나는 참지 못하고 교무실을 뛰쳐나가 집으로 달려갔다.

"이제 정신 차려. 네가 애니? 언제까지 이것저것 하고 싶다고 할 거야?"

집에 와서 엄마에게 학교에서 있었던 일을 얘기한 후 들은 말이다. 모두들 내가 틀렸다고 하니까 화가 나서 방에 틀어박혔다. 꿈이 여러 개면 뭐 어떠냐고 소리치기도 했다. 그렇게 나는 주변 사람들과 싸우며 내 꿈들을 지켜나가다가 고등학생이 되고서야 비로소 깨달았다. 많은 꿈 중에 하나도 이루기 힘든 현실이라는 것을…….

사람들은 보석을 보면 예쁘다고 말한다. 하지만 나는 보석이 예쁘다는 생각이 들지 않는다. 보석이 박힌 반지보다 차라리 아무것도 없는 반지가 더 예쁘다. 나는 다른 사람들을 이해할 수 없었고 이해할 마음도 없었다. 나는 아무것도 보고 싶지 않아서 늘 땅만 보며 걷고 사람들과 대화도 하지 않게 되었다.

교차로 한가운데 떨어진 것 같았다. 수많은 길 사이에서 어디로도 가지 못하고 빙빙 돌고 있었다. 나는 조언을 듣기 위해 친구들에게 문자를 보냈다. 고민을 털어놓았지만 대부분의 답장은 '몰라'였다.

'누가 내 친구들 아니랄까봐…….'

그때 좀 다른 문자가 날아왔다.

'자신을 너무 모르는 거 아니니?'

나는 문자를 몇 번이나 다시 읽어 보았다. 옆으로 돌려보기도 하고 거꾸로 세워 보기도 했지만 도무지 무슨 뜻인지 알 수 없었다.

나는 다시 교차로에 서게 되었다. 왼쪽으로 가면 의사가 되는 길이다. 오른쪽으로 가면 버스 기사가 되는 길이고 위로 가면 교사, 아래로 가면 기자가 되는 길이다. 그 외에도 사서, 건축가, 은행원 등 여러 길이 있다. 나침반이라도 하나 놓고 싶은 기분이었다. 고민할 필요 없이 화살표가 가리키는 방향으로 가고 싶었다.

내가 이렇게 고민하는 사이 아빠가 회사 일을 마치고 돌아왔다. 나는 아빠를 방으로 부르고 고민을 털어놓았다.

"아빠도 예전에 그랬지?"

아빠는 고개를 끄덕이며 어렸을 적 가졌던 꿈들을 줄줄이 뱉어냈다. 끝이 없는 아빠의 리스트에 지친 나는 아빠의 입을 막으며 그만하라고 했다. 그러자 아빠는 웃었다.

"너에 대해 잘 생각해봐. 네가 늘어놓은 꿈들 사이에 진짜 꿈이 보일 테니까."

친구에게 들었던 대답과 같은 말이었다. 아빠는 그 말을 하고 방을 나갔다.

그 후 나는 나에 대해 생각했다. 나는 누구이며 내가 좋아하는 것은 무엇일까? 그러나 답은 나오지 않았다.

현실과 마주하기

동석이와 만난 지 몇 주 지나지 않았는데 동석이의 얼굴 표정이 많이 바뀌어 있었다. 고민을 털어놓으니 시원한 모양이었다. 첫날 딱딱했던 모습은 사라지고 차를 마시며 농담을 하는 여유도 갖게 되었다. 하지만 동석이는 같이 글쓰기 공부를 하는 친구들과 사이가 좋지 않았다. 아이들은 선생님하고만 얘기하고 강의실을 나가버리는 동석이의 행동을 이해할 수 없다고 했다. 동석이의 행동은 아이들이 자신을 무시한다고 느낄 만했다.

"네가 집에 갈 때는 한 마디라도 하고 가. 그냥 나가버리니 아이들이 너에게 다가오지 않잖아."

동석이는 내 말에 해맑은 웃음을 지으며 대답했다.

"약속이 있어서 간 건데요……."

나는 유치원 아이같이 말하는 동석이의 표정과 말투가 너무 웃겨서 그만 큰소리로 웃고 말았다. 어쩌면 이렇게 사회의 때를 피해 자랐을까 하는 생각이 들었다. 나이 차이가 많이 나는 누나들 틈에서 응석받이로 자란 동석이는 아저씨 같은 얼굴과 어울리지 않는 말투 때문에 현실과 더 멀어 보였다. 사람들에게 무관심한 동석이는 또래의 여자아이들이 말을 걸어와도 시큰둥했다. 그동안 자신의 세계에 빠져 살아왔기에 친구들과 어울리기가 쉽지 않은 듯했다. 동석이는 가족 외의 사람에게 자기 이야기를 한 번도 말해본 적이 없다고 했다. 나는 동석이의 뒤떨어진 사회성을 회복시켜야겠다는 생각이 들었다.

"내일 여기 올 때 고개 들고 공원에 뭐가 있는지 보면서 와. 그리고나서 네가 본 공원 풍경을 말해줄래?"

자신과 관련 없는 것은 눈에 잘 들어오지 않는 법이다. 동석이에게 입시보다 중요한 것은 외면했던 세상을 마주보는 것이었다.

다음 날 고3 아이들 4명을 데리고 분위기 좋은 카페로 갔다. 동석이에게 내 신용카드를 맡기고 오늘 하루 반장 노릇을 해보라고 했다. 먹성 좋은 동석이의 얼굴이 환해졌다. 아이들은 동석이가 어떻게 할지 무척 궁금해 했다. 동석이는 아이들에게 무엇을 먹을지 말하라고 했다. 아이들은 늘 자신들이 먹던 음료를 시켰다. 하지만 동석이는 카페에서 파는 새로운 메뉴들을 그냥 놓치기 아쉬운 모양인지 이것저것 시켜서 나누어 먹자고 했다. 아이들은 내 눈치를 보며 동석이에게 핀잔을 주었다. 나는 괜찮으니 마음껏 시켜먹으라고 말해놓고 동석이를 지켜보았다. 동석이는 나와 아이들의 눈치를 보더니 골라놓았던 메뉴에서 두 가지를 빼고 주문을 했다.

음료와 빵을 먹으며 하는 카페에서의 수업은 동석이의 마음을 움직이게 한 것 같았다. 강의실에선 말 한 마디 안 해도 되었지만 작은 탁자를 마주보고 있는 상태에서 고개를 떨구고 가만히 있는 것이 말하는 것보다 더 힘들었던 모양이었다. 마침내 동석이의 입이 열리기 시작했고 그동안 동석이를 부정적으로 보던 아이들의 선입견은 눈 녹듯 녹아내렸다.

동석
NOTE

나는 새로운 친구들을 만나면서 바뀌어 갔다. 늘 걷던 길을 다르게 보기 시작했다. 고개를 들고 앞을 보며 걸어갔다. 그러자 술에 취해 길바닥에 쓰러진 사람도 보였고, 나무에 달라붙어 열심히 울어대는 매미도 보였다. 세상에 펼쳐진 보석들이 하나하나 보이기 시작하면서 아무 장식 없던 내 반지에 작은 보석이 박히게 되었다.

내 마음속에서 무언가 자꾸 꿈틀거렸다. 나는 이렇게 있으면 안 된다고 스스로에게 소리쳤다. 그 꿈틀거림을 처음에는 억누르려고 해보았지만 잘 되지 않아 선생님과 상담을 했다. 상담을 할 때마다 나는 점점 현실로 돌아오는 것 같았다. 내 마음속 판타지는 점점 힘을 잃으며 죽어갔고 그 틀을 깨부수고 나 자신이 튀어나오려 하는 것 같았다. 어느 순간부터 이 분위기에 녹아내린 나는 점점 나를 드러내고 있었다. 그렇게 나는 다시 한 번 소설가의 꿈을 꾸게 되었다. 이번에는 내 욕망을 채우기 위한 것이 아닌 사람들에게 진심을 전하는 글을 쓴다고 생각하니 의지가 불타올랐다.

세상 모든 일은 언젠가는 질리게 되어 있다. 그래서 늘 새로운 자극이 필요하다. 나는 자극적인 것을 찾아 판타지 세상 속에 빠져 있었지만 또 다른 자극이 그곳에서 나를 꺼내주었다.

진짜 '나'를 찾아서

판타지 소설을 쓰지 않고 자신의 이야기로 글을 쓰면서 고개를 들지 않고 표정 없던 동석이의 얼굴이 서서히 바뀌어갔다. 착한 아이로만 살아왔던 동석이는 소심한 반항으로 만족하기보다는 이제부터는 스스로의 힘으로 살아가보겠다고 했다. 나는 동석이에게 예쁜 노트 한 권을 사서 늘 갖고 다니며 주변 풍경을 묘사해보고 떠오르는 생각을 적어보라고 했다.

다음날 동석이는 마음에 드는 노트를 사가지고 와서 자랑을 했다. 그 노트를 마치 보물처럼 품고 다니는 동석이의 모습이 천진난만했다.

동석이는 어느덧 내 말을 잘 듣고 따르는 학생이 되었다. 수업이 끝나면 이것저것 질문을 퍼부어대어 귀찮을 정도였다.

"저는 지금도 소설가와 컴퓨터 프로그래머 두 가지를 다 하고 싶은데 어떻게 해야 할까요?"

"다 할 수 있으면 해. 하지만 한 가지 일에 파고들다 보면 자연히 한 가지를 버리게 될 걸. 네 앞에 있다고 해서 다 네 것이 아냐. 이참에 하고 싶었던 것들을 노트에 적으면서 정리해봐."

동석이는 여전히 꿈이 많았다. 그 중에서 진정 원하는 것을 찾으려면 작은 것이라도 목표를 세우고, 그것을 하나하나 실천해 보라고 했다. 원하는 것을 찾았더라도 자기 것으로 만드는 노력을 하지 않으면 꿈은 깨지고 말 것이기 때문이다. 흐르지 않고 고여 있는 생각은 자신을 성장시키지 못한다.

동석
NOTE

나와 가장 친한 사람부터 몇 번 만나본 어색한 사람들까지 여러 사람에게 묻고 또 물었다. 그러던 도중 담임선생님이 나를 불렀다. 좁은 교무실에는 나와 담임선생님 둘 뿐이었다. 우린 서로 마주보고 앉아 있었다.

"너 요즘 애들 귀찮게 하는 것 같더라. 심지어 모르는 애들한테도."

"선생님은 제가 어떻게 보이시나요?"

"즐거워 보이네."

집으로 가는 내내 그 말이 마음속에 울렸다. 어렸을 때의 나는 늘 책임을 지지 않았다. 책임을 져서 불이익을 얻게 될 수도 있을 것이라는 공포 때문이었다. 그러던 내가 몇 가지 일에 책임을 지기 시작했다. 책임을 질수록 책임에 대한 공포는 사라지고 용기가 생겼으며 스스로 성장하고 있다는 것이 느껴졌다. 진짜 '나'는 가짜 '나'라는 상자 속에 갇혀 있다. 언제나 사람들이 보는 것은 가짜 상자다. 내가 열지 않는 이상 진짜 '나'는 세상 밖으로 나오지 못한다. 그렇기에 상자를 조금씩 조금씩 열어야 한다.

아들아

엄마 말을 잘 들어야

착한 아이란다

네, 엄마

아들아

언제나 남을 배려해야 한다

넘어진 사람을 일으켜 세워 부축해 주어야 한다

친구를 사귈 때는 차별을 하지 말고

두루두루 사귀어야 한다

네가 정말 하고 싶은 것을 꿈꾸거라

꿈이 원대할수록 너의 어깻죽지에

커다란 날개가 돋아날 거야

사람을 대할 때는 정직하고 진실해야 한다

진심이 아닌 가식은 나쁜 아이가 되는 길이란다

네, 엄마

아들아

사회는 일등만을 기억한단다

그러려면 남을 짓밟고 그 위로 올라서야 한다

공부 잘하는 아이와 친하게 지내고

공부 못하는 아이와는 어울리지 말거라

혼자 튀는 것은 좋지 않단다

남들이 가는 길이 편하고 안전한 길이란다

윗사람에게 잘 보이려면

적당한 아부와 거짓말은 꼭 필요하단다

엄마,

전에 했던 말이랑

다르잖아요

바람찬 날의 꽃이여

낙엽이 어디로 날아갈지 모르는 가벼움 때문에 슬퍼보이듯
나 또한 그랬다.

-선미의 노트 중에서

무시당한 꿈

선미 엄마는 선미가 고등학생이 되면서부터 고민에 빠졌다. 대학에는 보내야겠는데 비싼 기숙학원을 보낼 여력은 없었다. 그런 상황에서 선미가 글을 쓰는 작가가 되고 싶다고 했을 때 선미 엄마는 한동안 선미의 얼굴을 보지 않았다. 작가가 되면 돈을 못 번다는 인식이 강했기 때문이다. 하지만 선미 엄마는 백일장에서 받은 상과 실기고사로 대학에 들어갈 수 있다는 것을 알고는 선미를 내게 맡겼다. 선미 엄마는 선미가 어떤 학과에 들어가고 싶은지에 대해서는 별 관심이 없어 보였다. 다만 남들에게 우리 딸도 서울에 있는 대학에 들어갔다고 말하고 싶을 뿐이었다.

선미 아빠는 게으르고 공부도 못하는 딸 선미를 위해 뼈 빠지게 일하는 게 억울하다고 입버릇처럼 말했다. 선미는 부모의 그런 말들이 듣기 싫어서 주로 카페에서 글을 쓰고 공부도 했다. 선미의 사정을 잘 아는 나는 시간이 나면 카페에 함께 가서 선미의 고민을 들어주기도 했고 글쓰기 수업도 했다. 그러다가 선미는 막차 시간이 되어서야 집으로 돌아갔다.

선미
NOTE

나는 나의 무력함을 한탄하면서 밤길을 떠돌았다. 엄마는 내가 좋은 대학, 안정적인 직장에 들어가서 엄마 자신처럼 돈 때문에 울지 않기를 바랐다. 하지만 그것도 다 옛날이야기이다. 지금은 대학에 들어갈 수 있을 것 같지도 않다. 어렸을 때부터 대학을 가기 위한 공부만 해서 난 특기도 없고 꿈도 없다. 하루가 멀다 하고 돈 때문에 싸우는 부모님을 보면 돈이 행복의 기준은 아닌 것 같다. 텅 빈 길을 걷다 보니 마음만 더 무거워지고 오갈 데 없는 자투리 생각들만 떠올랐다.

결국 평소보다 조금 늦은 밤에 집에 들어왔다. 반기는 사람은 한 명도 없었다. 엄마 아빠는 아직도 내가 안 왔다는 사실을 모르는 듯했다. 거실은 오랫동안 혼자였는지 식어 있었다.

아빠와의 전쟁

선미 삼촌은 선미 아빠와 마찬가지로 반도체 부품 회사를 운영하고 있다. 선미 아빠의 길을 뒤따라왔던 삼촌은 청출어람을 이루어 강남으로 진출했다. 게다가 운좋게 재개발이 될 곳에 집을 사둔 덕분에 앉아서 10억을 벌게 됐다. 이제 자리를 잡은 선미 아빠에게 삼촌의 폭발적인 성공은 유혹같이 느껴졌다. 그래서 사업 자금을 야금야금 빼서 부동산에 투자했다. 선미 아빠는 이것을 아내 모르게 진행시켰다. 게다가 부동산에 대해 오랫동안 탐구했던 삼촌과 달리 선미 아빠는 지식도 없이 큰돈을 들여 강남에 새 아파트를 샀다. 하지만 아파트에 들어오기로 한 학교와 부대시설들이 다른 곳으로 빠지게 되면서 인기는 식어갔다.

설상가상으로 사업 자금도 구멍이 나서 급하게 돈이 필요했다. 새 집을 파는 게 유일한 방법이었다. 하지만 이미 작년부터 그 집을 내놨지만 사겠다는 사람이 없었다. 만약 새 집이 팔리지 않는다면 할 수 없이 지금 살고 있는 집을 팔아야 했다. 그래서 집안 분위기는 먼지만 흩날리는 어두운 뒷골목 같았다. 선미 아빠는 바깥 일이 뜻대로 풀리지 않자 만만한 아내와 아이들을 화풀이 대상으로 삼아 폭력과 폭언을 퍼부었다.

선미
NOTE

오늘도 나는 아빠의 얼굴을 차마 못 보고 차가운 현관문 바닥에 시선을 박고 서 있었다. 독서실 가야 된다고 다시 말해 보기도 전에 아빠는 먹던 상추를 던졌다. 집안 분위기는 순식간에 또 얼어붙었다.

"넌 요즘 생활태도가 아주 엉망이야. 공부를 못하면 일찍 일어나기라도 해야 되는 거 아냐? 일단 사람이 되어야 사회에 나가서도 적응을 잘할 거 아냐. 방학이라고 집에서 빈둥빈둥 놀지만 말고 알바라도 해보면서 경험도 쌓고 말이야. 너희들은 맨날 놀 줄밖에 모르지? 지 애비 피땀 흘리는 것도 모르고."

나는 이런 아빠의 말을 들을 때면 숨이 턱턱 막혔다. 아빠의 억센 말투와 폭력이 무서워서 손만 부르르 떨었다.

"늦게 일어난다는 것만으로도 넌 이미 싹이 노란 거야! 그리고 난 눈빛만 봐도 알아. 네가 쓸 만한지 열심히 할 놈인지, 근데 넌 이미 틀려먹었어."

내 눈에 눈물이 맺혔다. 나는 참고 있던 말을 터뜨렸다.

"그건 아빠만의 생각인 거잖아요! 남들은 절 그렇게 생각하지 않아요! 아빠만 절 눈곱만큼도 인정하지 않는다구요!"

내 말이 끝나는 것과 동시에 아빠는 자리에서 일어나 억센 손으로 내 머리카락을 사정없이 잡아당겼다. 나의 고통스러운 신음 소리에 엄마도 아빠의 팔을 부여잡고 울면서 말려보았지만 아빠의 눈은 이미 시뻘겋게 달아올라 있었다. 엄마는 아빠의 손아귀에서 나를 구출시키기 위해 안간힘을 쓰다가 맥없이 쓰러졌다. 나는 무릎에 얼굴을 파묻고 흐느꼈다. 그렇게 한참 실랑이를 벌이다가 아빠는 제 풀에 지쳐 거실 소파에 주저앉았다.

"내가 이 집의 가장인데 니들이 날 개무시해!"

아빠는 거친 숨을 내뱉으면서 끝없이 큰소리로 식구를 위협했다. 그런 아빠를 진정시켜보려고 엄마가 물을 가지러 가는 그 사이를 못 참고 아빠는 내 머리 위에 리모컨을 던지고야 말았다.

아빠가 집에 있는 날의 우리 집 풍경이다. 나는 늘 이런 전쟁을 치르고서야 집을 나올 수 있었다.

엄마의 자존심

선미 엄마도 선미의 모든 것을 통제하려고 했다. 선미는 어릴 때부터 엄마가 선정해 주는 책만 읽었다. 하지만 선미는 도서관에 가서 자유롭게 책을 골라 읽고 싶었다.

선미 엄마는 선미가 손과 옷에 흙을 묻히는 것을 절대 용서하지 않았다. 선미는 무거워 보이는 동그란 안경을 걸친 채 빳빳하게 펴진 옷만 입고 다녔다. 선미 엄마는 딸의 손을 잡고 정해진 길로만 걸어가려고 했다. 선미는 흙바닥을 밟고 땅에 핀 민들레 홀씨를 불어보고 싶었지만 그것은 동화 속에서만 가능한 일이었다. 선미 엄마는 선미를 그 누구도 건드릴 수 없는 깔끔하고 똑똑한 아이로 만들고 싶었다. 어린 선미는 컵에다 오렌지 주스를 따를 때도 흘릴까봐 손을 덜덜 떨었다.

하지만 선미는 엄마가 생각하는 것과는 많이 다른 아이였다. 선미는 공부도 좋지만 여행을 더 좋아했다. 그리고 작은 꽃을 한동안 유심히 보기도 하고 겨울의 눈밭에서 뒹굴고 싶어 하는 아이였다. 선미 엄마가 그토록 선미를 자신의 뜻대로 통제하려 했던 이유는 자존심이 걸린 문제였기 때문이다. 선미 엄마는 어린 시절을 아버지 없이, 돈 없이 살았던 서러움 때문에 자식만큼은 돈 걱정 없이 살게 하고 싶었고, 자식이 잘되는 것이 자신의 힘들었던 시절을 보상받는 일이라고 생각했다. 하지만 그 자존심은 동서를 만나고 올 때면 여지없이 뭉개졌다. 동서는 남편 자랑, 자식 자랑, 돈 자랑을 하느라 숨이 가쁠 지경이었다. 동서의 딸은 전교 10등 안에 드는데 자기 딸은 공부에 관심도 없고 돈도 안 되는 글만 쓰고 있으니 답답하기만 했다. 선미 엄마의 불만은 시동생이 돈을 잘 벌고 시동생 자식의 성적이 오를 때 더 커졌다.

하지만 선미 엄마는 명문대를 나온 남편도 돈 걱정 없이 자란 딸도 자신의 마음을 알 리 없다고 생각했다. 사실 선미 엄마는 남편의 폭력과 폭언에 지쳐 이혼을 하고 싶었지만 집을 포함한 모든 재산은 남편의 명의로 되어 있었고, 아이들 때문에 집을 나갈 수도 없었다. 이미 자신보다 자식의 인생이 더 중요하다고 마음먹은 이상 이 정도쯤은 각오했던 일이었다. 남편이 앞으로 자신을 얼마나 차갑게 내칠지는 모르지만 선미 엄마는 자식을 위해서라면 얼마든지 피를 흘릴 수 있는 사람이었다.

생각해 보니 어렸을 때부터 나는 유독 사진 찍는 것을 싫어했다. 어딜 가기만 하면 사람들이 지나가는 길가에 우두커니 서서 찍힐 때까지 기다리는 것이 우스꽝스러웠다. 반면 엄마는 이게 다 추억이라며 사진 찍기를 좋아했다. 그렇게 추억을 중요시 하는 엄마는 놀러갈 때도 수학 문제집을 들고 가게 했다. 그리고 아이스크림 하나 사줄 때도 수학 문제를 풀기 전에는 먹지 못하게 했다.

그래서 몇 번이고 아이스크림이 다 녹아버려서 손이 찐득해졌던 기억이 아직도 생생하다. 녹고 있는 아이스크림을 살피면서 애가 탔던 기억 때문에 나는 아이스크림을 빨리 먹는 버릇이 생겼다. 엄마는 방금까지 수학 문제를 못 푼다고 말을 꼬집다가도 사진 찍을 때는 진달래꽃처럼 붉게 웃었다. 난 그 옆에서 엄마와 웃고 싶은 마음이 없는데 웃어야 했다. 난 싫다고 반항하지도 못하고 불만을 표정으로 드러냈다. 엄마는 찍힌 사진을 보고 짜증을 부렸지만 내 표정은 여전했다.

동생의 눈물

선미 엄마는 선미가 더는 자신의 요구대로 되지 않는다는 것을 알게 되자 무엇인가 잃어버린 것처럼 집안을 헤매고 다녔다. 그러다 깊은 잠에서 깨어난 듯 번뜩 눈을 떴다. 선미에게 가려져 있던 새파란 씨앗이 하나 더 있었다는 사실이 기억난 것이다.

그날부터 선미 엄마는 늦둥이 딸을 혹독하게 가르쳤다. 매일 헬스장에 가서 운동을 했고, 점점 젊어지는 기분이 들었다. 살을 뺀 선미 엄마는 과거의 카랑카랑한 목소리와 가지런한 이빨이 보이는 미소를 되찾았다. 늦둥이 딸이 학교에서 전교 1등으로 유명세를 치르면서부터는 더욱 빛났다. 어느덧 선미 엄마는 동네 엄마들 사이에서 선망의 대상이 되어 있었다.

선미는 동생이 쓴 글을 내게 보여주었다. 여덟 살짜리가 쓴 삐뚤빼뚤한 글씨가 보였다. 제목은 '돈'이었다. "돈은 우리 아빠 엄마가 제일 좋아하는 물건이에요"라는 말이 두 번이나 등장했다. 그리고 "돈, 정말 멋지다"란 문장으로 글이 마무리되었다. 제목부터 마지막 문장까지 어린이가 선택할 만한 말들은 아니었다. 선미 동생은 부모의 생각을 너무나도 투명하게 담고 있었다.

선미
NOTE

나의 수학 점수는 이미 시한부 선고를 받았다. 언제나 엄마는 내 앞에서 서러운 짐승처럼 씩씩거리며 울었는데 그날은 뒤돌아 앉아 조용히 울었다. 그 이후부터 엄마는 내게 수학 문제집을 풀라고 하지 않았다. 엄마와의 싸움이 갑자기 내 인생에서 쑥 빠져 버렸다. 그 팽팽한 긴장감이 풀리자 나는 갑자기 주어진 자유가 당황스러웠다. 엄마와 싸우고 수학 문제를 푸는 게 일상이었는데 신기루처럼 내 앞에서 사라져 버렸다. 낙엽이 어디로 날아갈지 모르는 가벼움 때문에 슬퍼 보이듯 나 또한 그랬다.

엄마는 어린 동생 옆에 달라붙어 앉아서 빨간 펜을 그어 댔다. 나는 시간이 가면 잘하게 되는 받아쓰기 하나에 목매는 엄마가 이해되지 않았다. 동생은 숙제 하랴 학원 다니랴 피곤해 보였다. 나는 초등학교에 막 입학한 동생이 고등학생보다도 절박해하는 모습을 보고 엄청난 죄책감을 느꼈다. 하지만 정작 동생은 엄마에게 떼쓰는 법을 몰랐다. 동생을 뛰어놀게 해달라는 내 요구는 오히려 철없어 보였다.

"그렇게 풀어 주다가 너처럼 공부 포기하면 어쩔 건데?"

나는 엄마의 말에 아무 말도 할 수 없었다. 나는 차갑게 식은 찬밥이었고, 동생은 이제 밥을 안치기 위해 씻어놓은 쌀이었다. 그 온도차는 나이 차만큼 커져 있었다. 나는 좋은 언니 노릇을 못하고 힘없이 물러갔다. 수학 문제에 집중하고 있는 동생의 모습을 보니 괜한 짓을 하는 것만 같았다.

나는 큰방에서 들려오는 동생의 울음소리 때문에 잠들지 못했다. 한참 동안 몸을 뒤집다가 큰방에 불이 꺼지자 겨우 눈을 붙일 수 있었다.

실패, 또 다른 시작

선미는 자신이 기계처럼 살고 있다는 것을 알아차린 후부터 집으로 돌아오기 전 서점에 들러 30분 간 책을 읽고 오는 식으로 작은 반항을 하기 시작했다.

대학 입시를 전제로 한 것이었지만 선미는 글쓰기 공부를 하러 오는 시간을 손꼽아 기다렸다. 버스를 두 번이나 갈아타고 1시간 반이 걸리는 거리였지만 오가는 시간을 즐겼고, 내가 퇴근할 때까지 남아서 책을 읽거나 글을 썼다.

선미와 대화를 자주 하다 보니 선미의 자존감이 살아나기 시작했다. 나는 선미에게 무심코 스쳐가는 것을 자세히 보면서 그 모습을 카메라에 담아 보라고 했다. 그리고 사진에 글을 붙여서 분량이 되면 책자를 만들어 보자고 했다.

선미는 올 때마다 그동안 찍은 사진과 글을 보여 주었다. 선미는 다른 아이보다 감성이 풍부했다. 선미가 찍은 사진과 글에는 자칫 잃어버릴 뻔했던 자신의 모습이 그대로 들어 있었다. 선미 엄마는 선미가 실패작이라고 했지만 선미는 또 다른 꿈을 꾸기 시작한 것이다.

선미
NOTE

나는 학교보다 자연에서 배운 것이 더 많다. 자연을 느끼며 여유롭게 기다리는 것을 배웠다. 사물을 관찰하다 보니 마음 깊은 곳에서 생각이 뚫고 나왔고, 그 모습들을 카메라에 담았다.

바람이 불어 왔다. 뒤따라오는 나뭇잎 흔들리는 소리와 결코 단정하지 못한 머리카락의 자유에서 바람을 볼 수 있다. 아이들은 자신들의 앞머리가 날린다고 바람이 불 때마다 거울과 빗을 가지고 다닌다. 머리를 빗으면 빗을수록 누가 누군지 모르게 될 정도로 똑같아진다. 아이들은 고정되고 안정적이며 뭐든 똑같아지려 한다.

기차는 그리움을 싣고

아빠의 얼굴도 가끔 기억나지 않을 때가 있다.
그럴 땐 눈을 감고 찬찬히 아빠를 그려 나가면서
아빠를 기억해낸다.

-예랑의 노트 중에서

나의 꿈은 수녀

현재 고등학교 3학년인 예랑이는 대학을 가는 대신 수녀가 되고 싶다고 했다. 아이들이 흔하게 말하지 않는 꿈이어서 나는 약간 의아했다. 그리고 예랑이의 말 속에는 반항심이 섞여 있는 것 같기도 했다. 예랑이 부모는 그 꿈을 반대하지 않았지만 나는 아직 시기가 이르니 사회 공부를 더 해본 다음에 결정하라고 말했다.

사회복지사인 예랑이 아빠는 수녀원에서 운영하는 고아원에서 아이들을 돌보는 일을 한다. 그는 직업으로서가 아니라 가슴으로 아이들을 키우는 사람이다. 그 역시 고아로 자라왔기 때문에 누구보다도 아이들의 마음을 진심으로 어루만져주고 있었다. 예랑이 아빠는 한 달에 한 번 가족을 보러 대구에서 서울로 올라오지만 잠깐 있다가 다시 내려간다. 엄마, 오빠와 함께 살고 있는 예랑이는 따로 떨어져 살고 있는 아빠를 늘 그리워했다. 예랑이 아빠는 예랑이가 원할 때 옆에 없었다. 많은 아이를 보살펴 주었지만 정작 가족 곁에 있어 주지 못하는 아빠의 빈자리 때문에 예랑이 자신도 고아처럼 느껴졌다.

예랑
NOTE

아빠는 다른 아이들에게는 밀크 초콜릿처럼 달콤하고 부드러운 사람이지만 나에게는 다크 초콜릿처럼 써서 가까이 다가갈 수 없는 존재다. 내가 아빠와 함께 할 수 있는 시간은 단 몇 시간뿐이다. 아빠와의 조그마한 추억도 나에게는 이룰 수 없는 꿈이다. 아빠의 꿈은 자신을 필요로 하는 사람들에게 필요한 존재가 되는 것이다.

어느 날 아빠의 머리맡에 놓인 휴대폰을 만지작거리다 호기심에 아빠의 휴대폰 사진첩을 보았다. 사진첩에는 낯선 아이들의 사진으로 가득했다. 그 아이들은 벼랑 끝 위태로운 곳에 힘겹게 자리하고 있었다. 언제 또다시 버려질지 모르는 불안감을 가진 채 버티고 있는 아이들이었다. 사진 속에 있는 아빠는 한 아이에게 꽃다발을 건네주며 웃고 있었다. 그 아이의 한 손에는 졸업장이 쥐어져 있었다. 아빠는 내 졸업식에는 오지 않았다.

아빠와 나는 점점 멀어져 갔다. 아빠의 얼굴도 가끔 기억나지 않을 때가 있다. 그럴 땐 눈을 감고 찬찬히 아빠를 그려 나가면서 아빠를 기억해낸다. 아빠의 목소리가 듣고 싶지만 아빠는 전화를 하지 않는다. 그래서 나는 아빠가 어떻게 살고 있는지 상상하기가 싫었다. 차가운 시선 속에서 홀로 자신의 몸을 밧줄로 꽁꽁 묶어둔 아이들을 환하게 비춰주고 따뜻하게 안아주는 아빠가 나는 밉기만 했다. 불빛 하나 없는 터널 속에서 그 아이들과 나는 함께 걷고 있었다.

아빠의 꿈

예랑이 아빠의 아버지, 어머니는 여관을 전전긍긍하며 살아야 하는 처지였다. 그의 부모는 자식을 굶겨 죽이지 않기 위해 고아원에 그를 맡겼다. 그가 어머니를 다시 만난 건 네 살 때였다. 애타게 기다렸던 어머니였지만 그는 어머니를 거부했다. 입을 다문 채 땅만 바라보면서 투정을 부렸다. 형편은 크게 달라지지 않았고 그를 데려갈 수도 없는 상황이라 어머니는 주말마다 그를 찾아와 신발과 옷 그리고 초콜릿을 주며 미안하다는 말만 반복했다. 어머니는 어린 아들이 하염없이 울어도 옆에서 안아 주지 못한 채 그저 잠깐 얼굴만 비추고 돌아갔던 것이다.

예랑이 아빠는 어린 시절부터 높은 곳에서 떨어지는 것을 좋아했다. 그는 뛰어내릴 때 손을 뻗어 잡아달라고 소리를 질러대는 버릇이 있었다. 소리를 지르다가 주위에 아무도 없으면 홀로 주먹을 쥔 채 뛰어내리곤 했다. 다리에 힘이 없었던 그는 제대로 착지하지 못해 어린 시절 내내 무릎에 조그마한 멍이 가을 국화처럼 펴져 있었다.

고아원에는 엄마 역할을 하는 수녀가 있었다. 15명의 아이들은 엄마수녀를 감싸고 잠을 잤다. 예랑이 아빠는 넓은 자리를 두고 좁아터진 엄마수녀 곁에서 잠을 청했다. 아이들은 엄마수녀의 자장가에 맞춰 꿈나라로 빠져들었지만 그는 쉽게 잠들지 못했다. 엄마수녀는 그를 토닥거리며 재워주었다. 엄마수녀의 품에 안긴 그는 커다란 엄지손가락을 잡고 놓지 않았다.

엄마수녀에게 조심스레 마음을 열기 시작한 예랑이 아빠는 엄마수녀의 바짓가랑이를 잡은 채 펭귄처럼 하루 종일 따라다녔다. 하지만 엄마수녀는 그의 곁에 항상 있어주지 못했고 일 년에도 몇 번씩 엄마가 바뀌었다. 예랑이는 아빠의 평생 이어진 유랑생활은 어쩌면 이런 것에서 오는 것인지도 모른다고 생각했다.

사람의 품을 찾아 떠다니던 예랑이 아빠는 어느 날 꿈을 꾸었다. 소년소녀가장의 손을 잡고 함께 걸어가는 꿈이었다. 그는 자신과 똑같은 처지에 있는 아이들을 보게 되었다. 아이들은 몸을 한껏 움츠리고 시선은 아래로 향해 있었다. 그는 시간을 두고 진심으로 아이들에게 다가갔다. 그러자 아이들의 마음은 열리기 시작했고 아이들은 그의 품에 안겨 떨어지지 않았다. 계단을 올라갈 때도 밥을 먹을 때도 아이들은 그의 손가락을 놓지 않았고, 그가 보이지 않으면 찾아 나섰다.

따사로이 내리쬐는 햇빛에 아빠는 잠에서 깨어난다. 말소리 하나 흘러나오지 않는 집에서 아빠는 4인용 식탁에 홀로 앉아 우유에 시리얼을 말아 먹는다. 아빠는 시리얼을 먹다가 뉴스에 시선을 뺏긴다. 뉴스의 앵커와 대화하듯 혼잣말을 반복하며 설거지를 마친다. 의자에 걸린 셔츠와 바지를 입고 허리띠를 매고서야 출근 준비가 끝난다. 집안의 불과 전기가 모두 꺼진 걸 확인한 후 회사로 향한다.

회사에서 구두를 벗고 슬리퍼로 갈아 신다가 엄지발가락이 양말을 뚫고 나와 있는 것을 발견한 아빠는 사물함에 넣어둔 구두를 다시 꺼내 신는다.

아빠가 사무실에 들어가면 직원이 태어난 지 얼마 안 된 갓난아기를 안겨 준다. 아빠는 천에 싸인 아이의 목을 조심스레 잡아주며 품어준다. 칭얼대던 아기는 아빠의 품이 따뜻했는지 울음을 멈춘다. 아빠는 아기를 침대에 눕히고 사진을 찍어주며 혹시라도 친부모가 찾아올지도 모른다는 희망을 품은 채 이름을 지어준다. 하지만 아빠가 이곳저곳을 옮겨 다녔듯 아빠의 손길에 익숙해진 아이들도 낯선 사람과 낯선 시설로 보내진다. 아빠는 아이들 모두가 잠이 들 때까지 곁에 있어 준다. 아빠는 엄지손가락을 입에 물고 잠에 빠진 아이와 이불을 걷어차고 자는 아이들의 잠자리를 살핀 후에야 불이 꺼진 집으로 들어간다.

사진 속 여백

봄이 무르익고 꽃이 화사하게 피었을 때 소년소녀가장들이 예랑이 가족을 기다리고 있었다. 아이들은 난간을 잡고 힘겹게 계단을 오르고 말도 제대로 하지 못해 소리만 질렀다. 잠에서 덜 깬 예랑이를 등에 업고 놀이동산에 온 예랑이 아빠는 예랑이와 엄마를 벤치에 남겨둔 채 뒤도 한 번 돌아보지 않고 아이들을 향해 성큼 걸어갔다.

예랑이는 멀어져가는 아빠의 뒷모습을 바라보았다. 예랑이는 아빠에게 그네를 태워 달라고 하고 싶었지만 예랑이 아빠는 이미 사람들 사이로 사라져 버렸다. 소년소녀가장들에게 아빠를 뺏긴 것 같아 시무룩해진 예랑이는 엄마의 손을 잡고 고개를 숙인 채 걸었다. 아빠와 같이 오긴 했지만 놀이기구 하나도 함께 탈 수 없었다. 예랑이 엄마는 예랑이를 알록달록하게 펼쳐진 꽃밭에 홀로 앉혀 놓고 사진을 찍었다. 사진 속 예랑이는 늘 혼자였다. 하지만 그것이 엄마로서 할 수 있는 최선이었다.

계절이 쉼 없이 바뀌고 예랑이의 중학교 졸업식 날이 되었다. 고이 접어놓은 교복 위에 꽃다발이 놓여 있었다. 하늘색 포장지에 쌓인 여러 종류의 꽃들이 빨간 리본에 묶여 있었다. 가시를 감춘 빨간 장미꽃이 한가운데 자리잡고 안개꽃이 장미꽃을 감싸 안고 있었다. 예랑이 아빠는 이 꽃다발을 남겨둔 채 다시 대구로 내려간 것이다. 그것을 본 예랑이는 허겁지겁 현관문을 나섰다. 엄마의 뒤따라오는 발걸음 소리도 들리지 않았다. 머릿속에 아빠만 계속 떠올랐다.

예랑이는 졸업식에서 친구들과 마지막 인사를 나누며 사진을 찍었다. 예랑이 엄마는 예랑이에게 아빠가 놓고 간 꽃다발을 건네주었다. 예랑이는 무표정하게 꽃다발을 들고 엄마와 사진을 찍었다. 예랑이 아빠는 사진에 여백을 남기고 예랑이의 마음속에 커다란 얼룩을 남겼다.

예랑
NOTE

엄마와 나는 봄볕을 피해 기념품 가게로 갔다. 구경만 하고 나오자는 엄마의 요구와는 다르게 내 눈은 동그랗게 커졌다. 나는 머리띠가 있는 곳으로 향해 달려갔고 분홍색 토끼 머리띠를 손에 쥐었다. 기념품 가게를 한 바퀴 둘러보다가 기린 인형과 펭귄 볼펜을 품에 안았다. 엄마는 하나만 고르라고 말했고 나는 처음 손에 쥐었던 토끼 머리띠를 샀다.

기념품 가게에서 나오자 아빠가 보였다. 나는 아빠에게 달려가 신이 난 목소리로 말했다.

"이거 예쁘지? 우리 점심은 언제 먹어?"

아빠는 내 머리를 쓰다듬으며 말했다.

"예쁘네. 오늘 점심은 엄마랑 단 둘이 먹어. 여자 둘이 오늘은 재미나게 데이트하다가 집에 갈 때 만나요."

아빠는 말을 끝내자마자 내 말은 듣지도 않은 채 아이들의 손에 이끌려 갔다. 나는 멀어져 가는 아빠를 멍하니 바라보고 서 있다가 끝내 눈물을 쏟아냈다. 지나가는 사람들 틈에서 엄마에게 안겨 한참을 울고 나서야 나는 희미한 미소를 지었다.

엄마는 나를 바라보며 조심스레 말을 꺼냈다.

"왜 우는 거야? 아빠가 너 말고 다른 아이들 옆에만 계속 있어서 속상했어?"

나는 말없이 고개를 끄덕였다. 엄마는 웃으며 말했다.

"아빠랑 그 아이들 앞에서 안 울어서 참 예쁘네. 잘 참았어. 우리 놀이기구 하나 더 타고 맛있는 거 먹으러 갈까?"

나는 해맑게 웃으며 엄마의 손을 잡고 따라나섰다. 놀이동산에 어둠이 내려앉았고 캄캄한 하늘에 형형색색의 불꽃이 피어났다. 나는 불꽃이 터지는 소리에 놀라 뒷걸음질 쳤다. 그러다 어떤 아이의 발을 밟아서 미안하다고 사과를 했지만 그 아이도 울음을 터트렸다. 찾아도 보이지 않던 아빠는 한걸음에 달려왔고 놀란 나를 진정시켜 주기는커녕 그 아이를 먼저 안아주었다. 그 순간 나에겐 아빠가 없다고 느껴졌다.

네 갈래의 길

예랑이 엄마가 대구로 내려가 남편과 같이 살 수 없는 데는 아들에 대한 기대감이 있었기 때문이다. 공부 잘하는 아들을 최고의 대학교에 보내기 위해 예랑이 엄마는 과감한 투자도 할 기세였다. 공부를 잘하지 못하는 예랑이에 비하면 분명 예랑이 오빠는 투자할 가치가 있었다. 예랑이 오빠는 엄마의 강한 주장을 잘 받아들였다. 그래서 자신이 진정 하고 싶은 일이 무엇인지 알지 못했고 찾지도 않았다. 만약 찾았더라도 엄마가 만들어준 길을 정답이라 생각하고 걸어갔을 것이다. 그러다 보니 정상에 오르면 모든 일을 다 할 수 있을 것이라는 착각과 자만에 빠졌다. 예랑이가 보기에 오빠는 정상에 오르기엔 의지가 부족해 보였다. 하지만 엄마가 바라는 것은 점점 늘어만 갔다.

생활력이 강하고 현실적인 예랑이 엄마는 남편의 일을 지지하지만 정상에 올라가야 행복할 수 있다고 생각하는 사람이었다. 예랑이는 오빠만을 바라보며 사는 엄마의 삶이 애처로워 보였다. 예랑이 역시 어릴 때는 엄마의 바람에 맞춰 키워졌지만 성적이 바닥에 떨어지자 엄마는 기대를 버렸다. 그리고 관심은 오로지 오빠에게로 쏠렸고 그 덕분에 예랑이는 자유롭게 되었다.

갑자기 안방에서 엄마의 앙칼진 목소리가 들렸다. 놀란 나는 읽던 책을 덮고 얼른 방문을 반쯤 열고 귀를 가져다대고 대화에 집중했다. 아빠가 확신에 찬 목소리로 말했다.

"우리 가족 대구에 내려가서 살자."

엄마는 아빠의 말을 듣고 이번엔 아무 말도 하지 않았다. 아빠는 침묵을 깨고 말을 이어나갔다.

"저번에 같이 갔던 고아원 있잖아? 내가 그 아이들의 아빠가 되어주고 싶어. 나처럼 외롭고 방황하지 않도록 내가 옆에서 그 아이들 손을 잡아주고 싶어. 대구로 이사 오면 KTX 타고 매번 이동하지 않아도 되고 가정에도 충실한 아빠와 남편이 될 수 있잖아. 내 선택을 이해해주면 안 될까?"

엄마는 아빠의 말을 끊으며 말했다.

"당신이 얼마나 외롭고 힘들게 살았는지는 나도 알아. 그래서 내 아이들은 정말 좋은 환경에서 좋은 교육 받게 하며 키우고 싶어. 당신이 나를 이해해줄 순 없어? 당신 꿈도 정말 응원하고 이뤘으면 좋겠는데 나는 당신의 아내이기 이전에 두 아이의 엄마야. 당신처럼 아이들이 평생 부모에게 받은 상처를 안고 살아가면 좋겠어?"

엄마의 말이 끝나자마자 아빠는 방문을 열고 나왔고 나와 눈이 마주쳤다. 하지만 아빠는 내가 보이지 않는 듯 현관문을 열고 나갔다. 나는 황급히 옷을 갈아입고 아빠를 따라 나섰다.

아빠는 집을 빠져나와 지하주차장으로 향하고 있었다. 차 시동도 켜지 않은 채 운전석에 앉아 있는 아빠의 모습이 백미러에 비쳤다. 가족과 꿈을 앞에 두고 갈등하는 아빠를 보고 나는 아무런 행동을 취할 수가 없었다. 아빠의 길고도 깊은 유년을 이해할 듯 말 듯한 나는 엄마와 아빠 그 어느 편에도 설 수 없었다. 다만 아빠가 우리와 같이 지내는 날이 더 많아졌으면 하는 바람뿐이었다.

아빠는 갈림길에 홀로 서 있었다. 갈 곳을 잃은 채 방황했지만 자신이 선택한 길을 향해 걸어가고 있었다. 나는 아빠가 다시 되돌아와 갈림길에서 다른 선택을 하길 바라며 눈을 떴다. 눈을 떠보니 아빠는 너무 멀리 가버렸다.

누구나 외롭다

예랑이가 수녀가 되겠다고 적극적으로 나선 것은 고3 입시에 부닥치게 되면서부터였다. 예랑이는 대학에 들어가기 위해 공부를 했지만 원하는 성적이 나오지 않자 대학에 들어가지 말고 바로 수녀가 되는 길을 가겠다고 생각한 것이다. 예랑이의 그런 결정이 도피 같은 생각이 들어서 나는 일단 대학 진학을 권유했다. 수녀가 되어서도 복음을 전하기 위해서는 세상 속으로 나가야 하기 때문이다.

대학 입시가 마음을 무겁게 했지만 예랑이는 글쓰기를 통해 먼저 자신의 마음을 들여다보기로 했다. 글쓰기를 하는 동안 예랑이는 기억 속의 아빠와 대면해서 그동안 말하지 못했던 자신의 목소리를 들었다. 예랑이가 성직자가 되어 다른 사람들에게 용기를 주기 위해서는 먼저 자신의 고통부터 치유해야 하는 것이다.

외로움에 지쳐 아빠를 원망하기만 했던 예랑이는 가족의 품이 그리운 아빠를 제대로 바라보지 못했다는 것을 알게 되었다. 아빠이기 이전에 한 사람으로서의 삶을 살고 있는 아빠가 스스로의 상처를 회복하기 위해 애쓰고 있다는 것을 느낄 수 있었다.

예랑
NOTE

아빠의 생일날, 엄마와 나는 대구로 향했다. 아빠를 놀라게 해주고 싶어 우리가 간다는 걸 알리지 않았다. 아빠에게는 외가댁에 가니까 서울에 올라오지 말라고 미리 말해 놓았다. 우리는 설레는 마음으로 기차에 올라탔다. 잠시 단잠에 빠져 있는 사이 동대구역에 도착했고 우리는 익숙하게 광장을 빠져나가 택시를 잡았다.

아빠가 사는 집 근처에 있는 빵집에 들어가 생크림 케이크를 골랐다. 초인종을 아무리 눌러도 집안에선 기척이 없었다. 당황한 나는 아빠의 생일과 엄마의 생일을 눌러 보았다. 하지만 현관문은 열리지 않았다. 혹시나 하고 마지막으로 내 생일을 눌러보았다. 띠링 하는 소리와 함께 현관문이 열렸다. 순간 아빠의 사랑이 성큼 가슴에 다가왔다.

아빠 집에는 홀아비 냄새가 가득했다. 나는 무슨 냄새인지 킁킁거리며 들이맡다가 인상이 찌푸려졌다. 거실에는 먹다 남은 각종 시리얼과 뚜껑도 제대로 닫히지 않은 견과류 통이 있었다. 창문이 열린 베란다에는 밤에 널었는지 헝클어진 빨래들이 숨죽인 채 걸려 있었다. 부엌으로 향한 엄마는 밥통을 열어 보더니 웃음을 터트렸다. 나는 밥통 속에 피어난 곰팡이를 보고 놀라 뒷걸음질 쳤다. 냉장고 속에는 유통기한이 얼마 남지 않은 우유와 물이 있었고, 엄마가 챙겨준 장아찌와 김치 등은 그대로 있었다. 그리고 플라스틱 통에서 흘러나온 물이 뚝뚝 떨어져 냉장고 선반에 고여 있었다. 엄마는 탐색을 멈추고 거실 소파에 털썩 주저앉아 마음을 진정시켰다.

아빠는 소란스런 소리에 잠이 깼는지 거실로 나왔다. 우리를 보자 눈이 두 배로 커진 아빠는 더듬거리며 말했다.

"외가댁 간다고 하지 않았어? 여기는 어떻게 들어왔어?"

나는 아빠의 눈을 똑바로 쳐다보며 말했다.

"오늘 생일인데 혼자 있으면 외로울까봐 왔지."

엄마는 소파에 널브러진 옷을 치우며 말했다.

"집 꼴이 이게 뭐야? 내가 좀 치우고 갈게."

아빠는 엄마와 나를 번갈아 바라보며 웃었다. 아빠가 이렇게 활짝 웃는 모습을 그동안 나는 본 적이 없었다.

제 2 부

세상을 떠도는

아 이 들

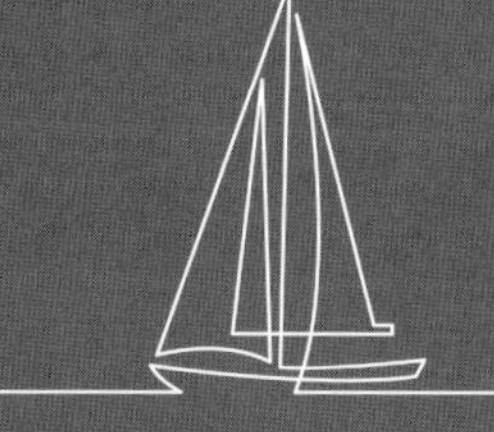

민재 STORY

행복은 오토바이를 타고

구걸을 해서라도

우리 가족의 행복을 찾고 싶었다.

-민재의 노트 중에서

삐뚤어질 거야

민재는 다른 남자아이들처럼 산만하지 않고 글쓰기를 좋아하던 아이였다. 중학교 1학년 때까지만 해도 전교 50위권을 모아놓은 특별반에서 공부를 했다. 하지만 중학교 2학년이 되면서부터 달라지기 시작했다.

민재 아빠는 사업이 내리막길로 치닫고 거래처가 부도나자 공장을 살리려고 밤낮없이 일에 매달렸고 민재 엄마는 일자리를 찾아나섰다. 아이들과는 용돈을 줄 때 말고는 접촉할 기회가 별로 없었다. 장남 민석이는 고등학교에서 점심, 저녁을 다 먹고 왔지만 중학생이던 민재는 학교에서 돌아오면 혼자서 저녁밥을 챙겨 먹었다. 부모가 집에 있는 날은 거의 없었고, 혼자 있게 된 민재는 친구들과 어울려 다녔다. 공부밖에 모르던 민재가 새로 쓴 가면은 검고 어두웠다. 아빠가 술, 담배를 할 때 죽고 싶을 만큼 싫어했던 민재는 중학생 나이에 술, 담배를 접하고 경찰서도 제 집처럼 드나들었다.

어느 날 민재가 학교에서 담배를 피운 것 때문에 담임이 부모를 불렀다. 그 이후 민재는 반 친구를 때려 앞니를 부러뜨렸는데 그 일로 정학까지 당했다. 부모는 충격을 받았다. 민재 엄마는 학교와 회사를 오가며 민재 걱정을 떨치지 못했다. 민재 엄마는 나를 찾아와 민재를 한번 만나보라고 했다. 하지만 민재는 약속한 날 오지 않았고, 엄마는 그 뒤로도 몇 차례 약속을 잡았지만 끝내 나타나지 않았다.

2년 동안 민재에 대한 소문만 들려왔다. 민재를 아는 아이들이 민재가 오토바이를 타고 다닌다고 전해 주었다. 정수기 회사에서 필터 교환하는 일을 하는 민재 엄마는 그 뒤로도 시간이 날 때마다 나를 찾아와서 하소연을 하고 갔다.

민재는 며칠씩 집을 나갔다가 돈이 떨어지면 집으로 들어왔다. 그럴 때마다 민재 엄마는 민재에게 돈을 쥐어 주었고, 민재는 그 돈으로 오토바이를 타는 친구들과 어울려 다녔다. 아예 티셔츠 등판에 '삐뚤어질 거야'라고 쓰인 옷을 입고 다녔다.

감정을 잘 드러내지 않는 아이들은 분노와 슬픔을 차곡차곡 쌓았다가 한꺼번에 터트린다. 언제 어디서 터질지는 모른다. 어른이 되어서 자식에게 대물림할 수도 있다. 내성적이고 감성적인 민재는 쟁여 두었던 슬픔을 오토바이를 타면서 날려보내고 싶었던 것 같았다.

넉넉지 않은 형편에 엄마를 만나 결혼한 아빠는 인천에 있는 고모 집에서 살림을 차렸다. 아빠는 가정을 위해 열심히 일했고 이쯤 형이 태어났다. 그때만 해도 끝없이 펼쳐진 초원만큼 넓고 맑은 마음을 가지고 서로를 아꼈는데 지금 우리 가족을 보면 많이 변했다는 것을 느낄 수 있다.

언젠가부터 부모님 사이에 금이 가기 시작했다. 엄마의 손길이 닿은 물건들은 엉망진창이 되고 어항이 깨져 집이 물바다가 된 적이 있다. 그때 나는 무섭고 두려운 마음에 친척들에게 도움을 요청했다. 친척들은 겨우 싸움을 말렸고, 우리 가족의 사랑도 낙엽처럼 쓸쓸히 떨어져나갔다.

엄마는 너무 슬퍼서 마음의 병이 생겼다. 나는 그날이 어린이날이라는 걸 잊고 엄마를 간호하며 힘이 되어 드렸다. 엄마 앞에선 애써 씩씩하고 밝은 척했다. 나는 신을 믿진 않는다. 하지만 이때 난 신에게 간절히 기도했다. 우리 가족에게 희망과 행복을 달라고 기도했다. 구걸을 해서라도 우리 가족의 행복을 찾고 싶었다.

하루살이 아빠

민재 아빠는 작은 공장의 사장이다. 민재 아빠는 아침이면 잠이 덜 깬 눈을 비비며 출근을 하고 집에 돌아온 지 4시간도 안 돼서 트럭을 몰고 또다시 새벽길을 나선다. 아무리 한 가정의 가장이라 하더라도 한 번쯤 늦잠을 잘 수도 있을 테지만 민재 아빠는 늘 똑같다. 자신이 흐트러지면 달랑 2명뿐인 직원들도 흐트러지니 모범을 보여야 한다면서 힘든 아침을 애써 견뎌내는 것이다. 민재 아빠는 공장 불빛에 모인 하루살이처럼 가족을 끌어안고 살아보려고 안간힘을 써왔다. 민재는 그런 아빠를 기다리다 잠들 때가 많았다.

민재 아빠는 명절이 다가오면 공장에서 새우잠을 자며 일을 하다가 명절 전날 기름진 머리에 푸석한 얼굴로 집에 와서는 간단히 씻고 곧바로 가족과 짐을 싣고는 고향으로 출발한다. 몰려오는 졸음을 참으려고 껌을 오물오물 씹으며 운전을 한다. 민재 할아버지는 민재가 태어나기 전에 간경화로 돌아가셨고, 할머니는 20년 동안 홀로 살아왔다. 할아버지가 남긴 시골 땅 문제로 첫째 아들이 어머니를 찾아오지 않자 민재 아빠가 장남 노릇을 할 수밖에 없었다. 시골집 앞에 비닐하우스를 지어주고, 치매에 걸린 어머니의 요양원 비용도 민재 아빠가 댔다. 민재 엄마도 명절이면 음식을 혼자서 준비해야 했기 때문에 늘 불만이 많았다.

삼형제나 되지만 명절에 모이는 건 민재 가족뿐이다. 민재 삼촌은 육군사관학교에 지원해서 국비로 미국에서 5년째 유학중이다. 할머니가 힘들 때 달려오는 건 아빠인데 민재는 삼촌 자랑만 하는 할머니가 싫었다.

민재 아빠는 민재가 태어날 때부터 공장을 운영했다. 민재는 아빠가 공장에서 일한다는 말을 친구들에게 하지 않았다. 항상 기름 냄새에 찌들어 있는 아빠가 부끄러웠던 것이다. 민재는 어릴 때 아빠에게 공장 말고 회사에 다니라고 하며 회사에 안 가면 자기도 학교에 가지 않겠다고 투정을 부리기도 했다.

민재 아빠의 마지막 꿈은 제대로 된 공장을 가지는 것이다. 민재는 아빠와 같이 낚시도 하고 여행도 가고 싶었지만 민재 아빠는 늘 바빠서 좀처럼 시간을 낼 수 없었다. 민재는 기계를 만지며 힘들게 일하는 아빠의 모습만 볼 뿐이었다. 바람을 타고 멀어져 가는 강물 위의 종이배처럼 민재와 아빠 사이도 점점 멀어져 갔다.

6학년 때 나는 친구가 많았고 학급 부회장도 되었다. 또 이때 공부에 흥미를 느껴 성적도 팍팍 올랐다. 엄마가 그렇게 기뻐한 것은 그때가 처음인 것 같다.

언젠가부터 부모님의 관심이 간섭으로 생각될 때가 종종 생겼다. 엄마와의 갈등도 점점 많아졌다. 다른 엄마는 다 허락하는 걸 우리 엄마가 반대할 땐 정말 원망스러웠다. 엄마는 내가 하고 싶은 것을 전혀 이해하지 않고 공부만을 원하고 있는 것 같았다. 이런 갈등이 있을 때마다 엄마는 "내가 잘되려고 공부하라고 했어?" 라고 하며 혼을 냈다. 나는 청소년기에는 여러 경험이 필요하다고 생각하지만 엄마는 그렇게 생각하지 않았다. 그때 내가 얼마나 힘들었는지 부모님은 모를 것이다. 내 마음 한 구석이 깡통처럼 까인 것 같았다.

아무것도 보이지 않는 밤에 저 멀리 수평선조차 보이지 않는 바다를 바라보았다. 난 중1 때까진 공부를 잘했다. 하지만 떨어지는 성적은 감당할 수 없는 독이 되었고, 혼란스럽던 난 한숨만 늘어갔다. 공부뿐만 아니라 아무것도 하기 싫었다. 지친 생활 속에 친구는 힘이 되었고, 친구들에게서 안 좋은 행동도 많이 배우게 되었다. 항상 피곤에 찌들고 취미 하나 없던 나는 호기심이라는 치명적인 단점 때문에 어른 흉내 내는 것에 빠져들었다. 안 피워 보았던 꺼먼 연기를 마셔보기도 했고, 술을 마셔보기도 했다. 그땐 그게 행복인 줄 알았다. 그래서 계속 담배 연기에 내 행복을 의지해 왔다. '이렇게 놀기만 해도 세월은 지나가는데 공부를 한다고 뭐가 달라지냐'는 생각으로 더 엇나갔다.

그러던 어느 날 친구와 말다툼을 하다가 친구 얼굴을 때려서 앞니가 부러졌다. 엄마는 학교에 불려갔고 선생님께 죄송하다고 머리를 조아렸다. 나는 집으로 돌아와서 엄청 혼났다. 난 크게 반성했다. 하지만 속으로는 이렇게 말했다.

'부모님의 나쁜 모습이 나를 이렇게 만들었다구요!.'

이게 변명이라 할 수도 있지만 나는 믿고 있다. 내가 생각한 것이 옳다고.

자유로운 바람

허허벌판에서 행복을 찾아 떠돌아다니는 민재는 학교에서 공부를 하는 아이들이 로봇처럼 보였다. 민재는 로봇 흉내를 내는 것이 지겨웠다. 날카로운 바람을 느끼고 싶었다. 미간을 찡그린 선생님들의 시선, 공부밖에 할 줄 모르는 아이들 사이에서 민재는 이리저리 눈치만 살폈다. 민재는 수업이 끝나면 오토바이를 타고 어둡고 인적이 드문 곳을 골라 다녔다. 엄마에게 문제집을 산다고 하면 돈을 받을 수 있었기 때문에 언제든지 오토바이에 기름을 넣을 수 있었다.

그날도 민재는 야간자율학습을 제쳐 두고 학교에서 나와 공허한 도로 한복판을 달렸다. 뒤에는 여자 친구가 타고 있었다. 민재는 차들 사이를 가르다가 당황한 차의 경적 소리를 무시하고 계속 달렸다. 무면허로 경찰서에 갔다 온 지 일주일도 채 되지 않은 터였다. 여자 친구의 걱정을 바람에 날려버리고 해가 저물도록 바람을 갈랐다.

민재
NOTE

난 삐져나온 흠집처럼 모든 이의 눈 밖에 난 베짱이다. 마치 회전목마처럼 돌고 도는 지루한 일상이다. 회전목마는 처음엔 흥미를 가지고 탈 수 있지만 수십 번 반복하면 지루해진다. 무언가 뚜렷한 목표의식이 없는 사람은 회전목마에서 내릴 것이다. 하지만 난 누군가 멈추는 스위치를 눌러주지 않는다면 내릴 수 없을 것 같다. 지겨운 일상이 반복되다 보니 새로운 생활을 하고 싶은 의욕조차 회전목마에 묻어 두었다. 항상 학원에 간다고 하고 나와서 PC방에서 살고 온갖 나쁜 짓, 어른 흉내를 내는 것에 찌들어서 옳고 그름도 구별 못하는 주정뱅이가 되어 가고 있는 것이다.

지나친 욕심 때문에 난 주위 사람들을 실망시켰다. 가지고 싶은 것을 대가 없이 가지려 한 내 악한 마음에 부모님은 무릎을 꿇었고, 눈물 맺힌 눈시울은 잠시나마 내 가슴을 채찍질했다. 하지만 갈수록 타락해가는 내 모습에 나도 지쳐갔고 행복과는 먼 생활을 이어갔다.

피로 물든 오토바이

가로등은 어두웠고 오토바이를 탄 민재는 차가 정체되어 갓길을 익숙한 솜씨로 이리저리 빠져나갔다. 심한 정체 속에서 빠져나오니 텅 빈 도로는 고요한 공포로 꽉 차 있었다. 앞이 보이지 않는 눈을 억지로 떠서 달리는데 저 멀리 안개 속에서 희미한 물체가 움직이고 있었다. 점점 가까워지자 그 물체가 선명해졌다. 술 취한 중년 남자였다. 민재는 남자와 신호등의 초록빛을 번갈아 봤다. 크게 경적을 울렸지만 남자와 더 가까워졌다.

고통에 울부짖는 비명소리가 들리는 응급실에서 간호사는 민재의 옷을 찢고 환자복으로 갈아입히고 있었다. 민재의 머리에 감아놓은 붕대는 피로 물들어 있고 침상 밑 쓰레기통에도 핏물이 배인 거즈가 쌓여 있었다. 바쁜 부모 대신 형 민석이가 먼저 병원에 도착했고, 곧이어 민재 부모가 달려왔다. 수술동의서에 사인을 하자마자 수술이 시작됐다. 오토바이에 치인 남자는 먼저 수술을 받고 있었다. 피해자는 알코올 중독자였고 위급한 상태는 아니었다.

굳게 닫혀 있던 수술실 문이 열리고 의사가 말했다.

"두개골이 열려 출혈이 심했지만 헬맷이 환자를 살렸습니다."

병실로 옮겨진 민재의 머리는 온통 붕대로 감겨 있어 미라를 연상케 했다. 민재는 마취에서 깨어나자마자 뜬금없이 눈물을 쏟아내며 곁을 지키고 있는 형에게 말했다.

"형, 미안해. 형이 말할 때 들었으면 이런 일은 없을 건데……."

민재 부모는 한동안 민석이에게 민재의 간호를 맡겨놓고 병원과 공장을 왔다갔다 했다. 민재는 휠체어를 타고 병원 창 밖을 바라보는 시간이 많아졌다.

행복을 사막 한가운데 있는 오아시스라 생각했던 나는 어리석은 바보였다. 내 행복은 마음속 세 잎 클로버와 같았다. 아무도 보지 않고 사소해서 놓치곤 하는 그것이 행복이었다. 이제 나는 마음속 행복을 가꾸러 발걸음을 옮긴다.

진정한 행복

민재는 병원에서 퇴원하고 몇 달 후 나를 찾아왔다. 어른처럼 변한 민재의 모습이 무척 낯설었다. 모처럼 만나니 어색했지만 이전의 밝은 모습이 보였다. 글공부를 시켜서 이전의 아들로 돌려놓고 싶은 민재 엄마의 마음을 나는 잘 알고 있었다. 민재 스스로도 그동안 마음대로 살아봤으니 이제는 엄마와 선생님의 도움을 받아야 한다는 것을 알고 있는 듯했다.

글쓰기를 하면서 민재는 그동안의 복잡하고 억압된 느낌에서 벗어나기 시작했다. 그동안 자신에게 무슨 일이 일어났고, 무엇을 느꼈는지 정리했고, 그 사건조차 자신의 삶으로 받아들였다.

민재는 이제 오토바이는 절대 타지 않는다. 민재는 오토바이 사고를 겪으면서 깨달았다. 항상 밖으로 떠돌아다니며 행복을 사냥했지만 진정한 행복은 밖이 아닌 자신 안에 있다는 것을.

수진 STORY

떨어지며 피는 꽃

엄마는 아직도 내 안에 있는 낯선 아줌마로밖에 느껴지지 않는데
자꾸만 대화를 하자고 한다.

-수진의 노트 중에서

여사친보다 남사친

수진이가 오늘도 상담실 문을 발로 뻥 차고 들어왔다.

"너는 좀 조용히 들어오면 안 되니?"

하도 문을 차대는 바람에 문짝이 떨어질까 늘 걱정이 되어서 나는 수진이가 올 때마다 한 마디 한다. 그러면 수진이는 얼굴에 미소를 띠고 "죄송합니다!"라고 말한다.

얼굴은 천상 여자처럼 예쁘장하게 생겼는데 목소리는 남자처럼 걸걸하다. 자신의 여성성을 애써 파괴해 버리려는 행동 같아 보였다.

같이 글공부하는 남자아이들은 수진이에게 맥을 못 춘다. 그 중에서 제일 조용한 지성이는 수진이에게 질질 끌려다니다시피 한다. 여자아이들에게 쑥스러워 말을 쉽게 건네지 못하는 지성이는 수진이같이 적극적인 여자아이가 자기를 이끌고 가는 것이 싫지 않은 모양이었다. 수진이는 자기보다 훨씬 키가 큰 지성이의 어깨에 팔을 걸치고 연인처럼 밥도 같이 먹고 영화도 같이 보곤 한다. 1박2일 단체 MT라도 가면 누가 보든 말든 지성이 무릎에 머리를 두고 누워서 다른 아이들의 눈살을 찌푸리게 하는 것도 수진이에게는 아무렇지 않은 행동이었다.

수진
NOTE

내 마음속 꽉 막힌 공기를 배출시켜 주었던 것은 내가 중학교 때부터 기르던 달팽이 한 마리였다. 시간이 갈수록 강아지나 고양이보다 작고 늘 변함없는 달팽이에 정이 든 이유는, 지금 생각해보면 달팽이는 내가 절대 가질 수 없는 그 무언가를 가지고 있었기 때문이 아니었을까.

처음에 나는 발로 밟으면 부서지는 작은 생명체를 우습게 여겼다. 먹이를 넣어줄 때마다 더듬이를 푹 찌르고 달팽이 집을 툭툭 건드리면서 달팽이를 괴롭히기 일쑤였다. 그런데도 달팽이는 천천히 하던 일을 마저 해나갔다. 더듬이를 괴롭히면 눈치를 보며 다시 꼿꼿이 더듬이를 세웠고, 상추 잎을 일부러 달팽이 통 속 나무 끝에다 요리조리 매달아 놓으면 언제 왔는지도 모르게 와삭와삭 상추를 갉아 먹곤 했다. 나는 화가 나면 나를 화나게 한 상대에게 따질 준비가 되어 있는 사람이었는데 달팽이는 그와 반대로 느긋하고 밟아도 자꾸만 다시 살아나는 끈기가 있어 보여서 자꾸 괴롭혔는지도 모르겠다.

가끔 붉은 소낙비가 끝없이 내리는 모의고사 문제지를 보며 눈물이 그렁그렁 맺힐 때 항상 내 방 창가에는 달팽이가 있었다. 얄밉게도 뽀얀 그 얼굴을 살포시 내밀고 무슨 일 있냐는 듯한 표정을 짓고 있었다. 나는 여유 있는 그 생명체를 부러워하면서도 자세히 관찰하며 마음을 안정시켰다. 스멀스멀 기어 올라가는 아무 의미 없는 달팽이의 행동을 가만히 보고 있자면 잠시 미운 마음이 들다가도 더듬이를 한 대 콕 치고 뽀뽀를 쪽 하고 싶은 기분에 사로잡히곤 했다. 그렇게 가끔씩 달팽이를 보며 나는 마음을 달랬다.

낯선 아줌마

수진이 엄마 아빠는 수진이가 태어나자마자 할머니에게 맡겨 놓고 학위를 따기 위해 독일로 유학을 갔다. 수진이는 어릴 때부터 친구들의 집을 드나들었다. 친구들의 부모는 수진이가 집에 자주 찾아오는 걸 싫어했다. 단지 따뜻한 온기가 그리웠을 뿐인 수진이는 그것을 알 리 없었다. 그러다 수진이는 친구들의 집에서 공통점을 발견했다. 하나같이 웃고 있는 가족사진이 걸려 있다는 점이었다. 수진이는 할머니에게 가족사진을 찍으러 가자고 보챘다. 할머니는 할아버지와 수진이의 손을 잡고 사진관으로 갔다. 사진을 찍고 다른 집처럼 그것을 소파 위에 걸어 놓았다.

수진이가 처음으로 엄마 아빠를 본 것은 중학교 입학 후 얼마 되지 않아서였다. 부모가 14년 만에 갑자기 나타나자 수진이는 혼란스러웠다. 수진이 엄마는 수진이에게 한 걸음 한 걸음 다가갔지만 늘 과녁을 빗나갔다. 닫혀 버린 수진이의 마음은 쉽게 열리지 않았다.

수진이는 자신과 엄마 사이에 두꺼운 가림막이 있다고 생각했다. 하지만 수진이 엄마는 수진이 옆에 있어주지 못했던 미안함 때문에 자꾸만 수진이에게서 무언가를 들으려고 했다. 한숨을 쉬면 그 이유를, 다른 때보다 일찍 자도 그 이유를 물었다. 수진이는 그럴수록 이질감을 느끼고 엄마로부터 도망쳤다.

수진이 엄마는 아이스크림 가게에서 가장 큰 아이스크림을 사 들고 수진이가 친구들과 자주 가는 PC방으로 찾아가는 등 딸을 이해하기 위해 무던히 애를 썼다. 하지만 수진이는 엄마와 자주 싸웠고, 늘 엄마의 자책으로 끝이 났다.

내가 만난 수진이 엄마는 바쁜 생활 속에서도 수진이를 아끼는 마음이 많아 보였다. 그렇지만 정작 수진이는 엄마를 떠날 생각만 하고 있었다. 수진이 엄마도 그걸 알고는 있지만 잃어버린 시간을 어떻게든 채우고 싶어 하는 마음을 버리기가 어려운 듯했다.

수진
NOTE

윤영이가 우리 집에 놀러 와서 우리 집 거실에 우뚝하니 걸린 사진을 보더니 물었다.

"너는 왜 엄마 아빠가 없어? 할머니 할아버지랑만 사는 거야?"

나는 잠시 당황했지만 할머니가 늘 가르쳐 준대로 당황하지 않고 상황을 천천히 설명하려 노력했다.

"엄마랑 아빠는 지금 외국에서 공부를 하시거든……. 그러니까 지금 나랑은 있을 수가 없어. 그래서 잠시 할머니와 사는 거야."

"왜 함께 있을 수가 없는데? 같이 살면서 공부하면 되지."

"……."

예상치 못한 질문에 당황하여 우물쭈물 하고 있었는데 윤영이가 다시 말했다.

"우리 엄마가 너는 엄마 아빠랑 같이 사는 애가 아니니까 다른 친구들보다 더 잘해주라고 했어. 할머니 할아버지랑 사는 애는 내 주변에 너밖에 없거든."

사진을 계속 쳐다보며 가볍게 말하는 친구의 마음에는 분명 순수한 마음이 묻어 있었다. 그것이 걱정이었든 자신에겐 부모가 모두 있다는 사실에 대한 안도감이었든 간에 어린 나에게 그 말은 상처가 되어 남았다.

중학교 1학년 여름부터 엄마 아빠와 같이 살게 되었고, 고작 6년이 지났다. 엄마는 아직도 내 안에 있는 낯선 아줌마로밖에 느껴지지 않는데 자꾸만 대화를 하자고 한다. 엄마라는 이름을 걸고 나타난 여자는 나에게 유난히 잘해주는 이웃 아줌마다. 엄마는 아침 일찍 일어나 내 교복 셔츠를 반듯하게 다려 놓는다. 그 옷을 보면 소름이 끼친다. 자꾸만 낯선 여자가 나를 알려고 하는 것 같다. 14년을 떨어져 있었다. 설사 20년을 떨어져 있었다 한들 엄마가 나를 낳았고 내가 엄마의 자식이라는 사실은 변함이 없다. 이제는 내 안의 서운한 마음도, 철이 들지 않은 나 자신도 보내주어야 할 때인 건 안다. 하지만 가족들이 한자리에 모일 때면 나를 벼랑 끝으로 몰고 갔던 그때가 생각나 대체 나에게 왜 그랬느냐고 자꾸만 따지고 싶다.

어릴 때 나는 어른들의 말을 잘 듣는 아이였다. 딱히 반항할 이유도 없었다. 그날도 밤늦게 나가는 숙모와 삼촌을 보내고 내 또래 동생과 함께 집에 남기로 했다. 그리고 웬 일인지 두 오빠 중 한 명이 집에 남아 있었다. 집은 외할머니 명의로 빌린 단독주택이었는데 외할아버지의 재산이 많아서였는지 말소리가 울리는 굉장히 큰 집이었다. 어린 나는 그 공간에 오빠와 같이 있었다.

그때 옆에서 길고 뭉뚝한 것이 나타났다. 도깨비 방망이인가 싶었는데 웬 손이었다. 그리곤 그 손은 이내 나를 더듬기 시작했다. 손의 감촉은 너무 차갑고 이제껏 내가 느껴보지 못한 느낌이었다. 그 손이 따뜻한 내 몸에 닿자마자 나는 '앗, 차거!' 하곤 달아나려 했지만 자꾸만 나를 따라다녔다. 어깨 부근에서 자근자근 나를 주무르던 그 손은 저항하지 못하는 나를 비웃기라도 하듯이 사춘기 소녀의 봉긋 솟은 가슴을 향해 내려갔고 나는 구겨진 알루미늄 호일같이 짓이겨졌다. 아무 생각도 나지 않았다. 온몸이 흐물거렸다.

나는 종종 헐벗은 느낌을 받았다. 수업 중에 책상 위로 눈물이 한 방울 툭 떨어졌다. 혹시나 주변 친구들이 이를 알아채지 않을까 하는 생각에 나는 책상에 모인 지우개 가루를 털어내듯 손끝으로 눈물을 털어냈다.

가슴에 묻은 상처

수진이는 부모와 같이 살지 않은 동안 치욕스러움을 온몸으로 맞았다. 할머니에게 그 사실을 말했으나 할머니는 패잔병의 표정만 지었을 뿐이었다. 수진이는 오랫동안 이것을 묻어두고 살 수밖에 없었다.

수진이는 그 뒤로도 공포영화를 보는 것처럼 불안에 시달렸다. 수진이는 정신과 육체를 분리시키려고 애를 쓰며 살아왔다. 하지만 잊을 만하면 그 손이 나타나 어린 수진이를 괴롭혔다. 수진이는 어두운 골목을 찾아다녔다. 소위 날라리라고 불리는 친구들과 같이 피시방을 들락거렸다. 결석일수가 많아지자 담임은 수진이 할머니에게 알렸지만 할머니는 수진이보다 다른 사촌들에게 더 신경을 썼다. 수진이는 몸을 타고 올라오는 고민을 스스로 삼키는 데 익숙해져 갔다.

학생들이 의무적으로 한 번쯤은 거치는 심리상담은 수진이가 지고 다니는 달팽이 집을 또다시 건드렸다. 차가운 손의 기억은 수진이를 부끄럽게 했고 절망으로 내몰았다.

"33번, 33……. 수진 학생? 수진 학생 맞지요? 여기 앉아 봐요."

나는 조금은 어색한 걸음으로 나아가 선생님과 마주앉았다. 선생님은 검사 결과를 미리 보지 않고 달려온 건지 아무 말도 없이 앉아 검사 결과를 응시하기만 했다. 표정이 하도 엄숙해서 나는 주말마다 가는 성당의 신부님을 떠올렸다. 고요와 정적의 연속이었다.

그때 아주 어렴풋한 옛 치부를 들춰 보는 듯한 기분으로 나를 사로잡은 한 마디가 내 왼쪽 가슴을 타고 들어왔다.

"혹시……. 성폭행 당한 적이 있나?"

성폭행. 그 담담한 질문. 나는 낯선 땅의 이름을 부르는 것처럼 그 글자를 되뇌었다. 성폭행이 뭐지……. 그런 단어가 있었던가. 나는 말의 변비증을 앓는 소녀처럼 자꾸만 그 이름을 되뇌었다.

"아니, 혹시나 해서. 검사 결과 중에 그에 관련된 게 많이 나왔거든. 물론 아주 정확하다고 할 수는 없지만. 보통 친구들은 나무에 뱅글뱅글 무늬, 이거 뭔지 알죠? 나이테

같은, 이것을 잘 그리지 않아요. 이게 유년시절 폭행을 당한 심리를 반영하고 있다고 보거든요. 그리고 손가락을 보면 자존감도 굉장히 낮은 것으로 추측돼요."

말이 없는 나. 창밖에 살랑거리는 나무. 나와 같은 나무를 지나치던 그 소녀는 현재 열아홉 살. 선생님은 말을 이어나갔다.

"얼굴을 그린 것도, 작거나 감은 눈은 내성적인 성격이나 분노를 상징해요. 이는 자신의 트라우마와 관련될 가능성이 높다고 봅니다. 그리고 등 뒤로 숨어 있는 손 역시 일반적이지 않은데 회피적인 대인관계와 죄책감을 뜻해요. 그리고 이렇게 길고 큰 발 역시 일반적이지 않죠. 이는 안전감에 대한 욕구가 강한 걸 뜻해요. 꼭 이 테스트를 100% 신뢰한다고 볼 수는 없지만은……"

선생님은 늘 그렇듯 바로 앞에 있는 학생의 얼굴 대신 빽빽하게 쓰인 검사 해설지에 시선을 고정시키고 있었다. 아마 내 표정을 봤다면 그렇게 담담하게 이야기를 계속할 수는 없었을 것이다.

선생님의 길고 어려운 말에 마침표가 찍혔을 때 예상했던 내 얼굴보다 더 일그러진 선생님의 표정과 몸짓을 볼 수 있었다. 내 눈에서 동파로 터진 파이프같이 물이 흘러 나왔기 때문이다. 할머니에게서 물려받은 종류의 눈물이 아니다. 그 어떤 것으로 막을 수도 덧댈 수도 없다. 나는 울면서도 속으로 어쩔 줄 몰라 하는 선생님을 보며 조금 고소한 마음이 들었다. 그리고 적나라하게 드러난 사실에 몸이 흔들거리면서도 이제 밤마다 그 요상한 꿈을 안 꿀지도 모르겠다는 생각이 들었다.

자꾸만 끊어졌던 기억 속의 나는 헐벗고 있었다. 그리고 나를 응시하고 있는 분노를 흡수하고 있었다. 그 기억은 창피함과 치욕스러움 그리고 자기혐오를 거쳐 내 가슴속에 키운 나무의 어딘가에 걸러지지 못한 채 끅끅거리고 있었던 것이다. 그 와중에도 상담 선생님이란 이름을 가진 눈썹이 진한 남자의 시선이 나의 짧은 치마 아래 가늘게 뻗은 다리로 향해 있는 것이 느껴지자 나는 모든 것을 파괴해 버리고 싶은 충동을 느끼며 뒤도 안 돌아보고 상담실 문을 박차고 나왔다.

혼란스러운 성 정체성

수진이에게는 또 하나의 고민이 있었다. 언젠가부터 동성의 친구와 선생님에게서 떨리는 감정을 느끼게 된 것이다. 오랫동안 불안과 죄의식, 자기파괴적 충동 속에서 방황했던 수진이는 성 정체성의 문제와도 맞서야 했다.

성장통을 겪는 청소년기에 성 정체성이라는 고민까지 더해진 아이들은 많은 감정적 혼란을 겪는다. 동성애는 선천적으로 가지고 태어난 유전자 때문일 수도 있고, 유년기의 성적 경험과 트라우마 등 후천적인 이유일 수도 있다는 연구결과도 있다. 수진이의 경우는 과거의 경험이 영향을 준 것 같았다.

주변에 고민을 털어 놓을 만한 사람이 없었던 수진이는 인터넷에서 동성애와 관련된 정보를 찾아 보았고, 자신과 같은 사람들이 모여 있는 온라인 채팅방에 접속했다. 수진이는 공허한 마음을 채우기 위해 그곳에서 친구들을 사귀었다. 겉으로는 자신만만해 보였지만 수진이는 그동안 혼자서 외로운 시간을 헤쳐나가고 있었던 것이다.

수진
NOTE

나는 습관적으로 짧고 통통한 내 팔을 쭈욱 뻗어 내 양쪽 팔꿈치를 감싸고 엎드렸다. 그때 어지럽게 펼쳐져 나를 감싸는 머리카락들 사이로 윤리 선생님 특유의 침착하고 조금은 듣기 거북스러운 혀 짧은 목소리가 들려왔다.

"며칠 전 이런 기사를 본 적 있어요. 대법원에서 성전환자가 성기 수술을 받지 않아도 성별 전환을 허가한다는 판결을 내렸대요."

침묵. 그리곤 이내 술렁였다. 지루한 윤리수업 도중 선생님이 꺼내놓은 비장의 카드가 먹힌 건지, 아니면 평소에 자신들이 가지고 있던 생각이 다른 사람들과 다르면 어떡하지 하는 마음에 내는 본능적인 소리인지.

"성전환자 성별 정정의 전제조건으로 성기 성형수술을 요구하는 나라는 일본을 제외하곤 알려진 바가 없다고는 하지만……. 왠지 너무 이상할 것 같지 않나요? 가슴이 나온 남자라든지……?"

이내 조용하던 반이 선생님의 마지막 발언에 웃음을 감추지 못했고 나도 모르게 가슴이 볼록한 남자의 은밀한 곳을 상상하다 붉어진 얼굴을 식히며 다른 친구들과 함께 웃으려 했다. 그 순간 이런 말들이 들렸다. 더럽다. 변태적이야. 같은 성을 좋아하는 것은 정신병의 일종이야. 긴 머리를 커튼처럼 풀어헤친 여자아이들 사이에서 짧은 머리가 유독 잘 어울리는 혜영이는 그 후에도 몇 마디를 더했다. 그런데 정말 이상한 것은 이런 말을 가만히 듣고 있던 내 마음 한쪽이 잘근잘근 찔려 왔다는 것이다.

나는 집에 돌아와 컴퓨터를 켰다. 나는 성에 이제 막 눈을 뜬 사춘기 학생이었다. 나는 두려움 반 호기심 반의 마음으로 천천히 그때 내가 가입했던 사이트를 찾아보았다. 손가락이 간질간질, 심장이 두근거려왔다. '모두를 위한 쉼터' 라는 이름으로 운영되고 있는 사이트에는 고민을 적는 담벼락, 익명 게시판, 소수자 인권활동의 이력 등등 생경한 단어들을 품고 있었다.

채팅방에는 다양한 닉네임의 사람들이 있었다. 뒤에 자신이 태어난 연도를 써 붙여 나이를 공개하는 것이 유행인 듯 싶었다. 들어가자마자 많은 사람이 일제히 나에게 인사를 해왔고 걱정과는 달리 그들과 친해질 수 있었다.

"못 보던 아이디인데 어떻게 알고 오신 거예요?"

나를 향한 질문인 것 같았다. 나는 사실 동성애자는 아니라고, 처음엔 호기심으로 들어오게 되었다며 조심스레 입을 열었다. 혹시나 기분 나빠 하지 않을까 하는 마음이 들었지만 그들은 그런 경우가 많다며 오히려 나를 환영해주었다.

채팅방에는 6명의 사람이 있었다. 인터넷에서 만난 사람들과 자유롭게 이야기하는 것이 익숙지 않았던 나는 처음엔 어디에서 어떤 장단에 맞추어 말을 해야 할지 몰랐지만 얘기를 나누다 보니 처음의 무거움은 온데간데없고 편안함이 스며들었다. 아이디에는 각자의 출생번호를 달아야 한다. 끝자리가 나와 같은 한 친구가 말을 꺼냈다.

"저는 제 나잇대 친구들과 다를 것이 없어요. 방과 후에 떡볶이 먹는 거 좋아하고, 친구들과 어울리는 거 좋아하구요. 그런데 언제부턴가 남자보다는 여자에게 더 관심이 갔던 것 같아요. 전 실제로 굉장히 활동적이고 솔직한 편이라 전에 한 친구에게 이런 제 고민을 말하니 당황한 기색이 역력했지만 이해해 보겠다고 했거든요. 그런데 어느 순간 멀어지고는 인사도 할 수 없는 사이가 되어 버렸어요. 내가 레즈비언이라고 해서 그 친구를 반드시 좋아하는 것도 아닌데 말이죠. 그냥 그 후에는 숨기고 살아온 것 같아요."

그들의 고민 속에 내가 비쳤다. 늘 새로운 것에 소극적이고 변화를 두려워하는 나. 주위 사람들을 잘 믿지 않고 스스로 혼자되기를 바랐던 나. 나도 어쩌면 저 아이들처럼 겉과 속이 다른 사람으로 살아온 걸지도 모르겠다는 생각이 들었다.

고통 속으로

수진이에게 글쓰기는 유일한 출구였다. 수진이는 머릿속에서 소설 한 편을 쓸 수 있었다. 자신의 감정을 기억해내서 묘사하고 구성하는 작업을 통해 수진이는 차츰 수치심에서 벗어나게 되었다. 뭔가를 창조하는 일에 집중하는 동안 나쁜 감정은 황금빛으로 바뀌어간다.

고통을 통과하는 유일한 방법은 자신을 괴롭히는 것이 무엇인지 정확히 아는 것이다. 수진이는 고통 속으로 들어가서 그것을 되짚어보고 언어적 상상력을 통해 성장해 갔다. 고통스럽고 절망적인 상황에서도 글쓰기를 통해 정신적 성장을 이룰 수 있다는 것을 수진이는 보여 주었다. 수진이의 감각은 더 넓어졌고 자신의 트라우마와 싸워가며 삶의 균형을 잡아나갔다.

수진이는 성은 신체의 한 부분일 뿐이라는 사실을 받아들이기 시작했다. 어린 시절 무의식에 쌓아둔 억압된 감정을 처리하기엔 과거의 수진이는 너무 어렸다. 하지만 성인이 되어가는 지금의 수진이는 상처를 치료해야 하고 더 강해져야 한다. 과거의 자신에서 벗어나 엄마를 받아들이고 세상을 받아들이는 노력은 아무도 대신해줄 수 없다. 수진이 스스로 해야 하는 것이다.

종수 STORY

사막 위의 작은 집

고난뿐인 내 인생도

마지막에 스트라이크를 하나 꽂아 넣는다면 좋겠다.

-종수의 노트 중에서

막막한 인생

열한 번째 학교생활을 시작하는 종수는 책도 없는 가벼운 가방을 메고 학교로 간다. 금쪽같은 방학에 종수는 아르바이트도 해보고 고등학생에게는 아직 금기의 영역인 술집에서 담배를 피우며 보냈다.

개학 첫날만큼은 잠을 이겨내려고 꽤나 버텼는데 야간자율학습은 정말 하기 싫었던 종수는 담임선생님에게 불참하겠다는 말을 하려고 교무실로 가는데 친구가 교무실에서 나오고 있었다. 친구는 풀이 죽어 땅이 꺼질 듯한 한숨을 쉬며 애써 웃었다.

"진로상담하고 왔는데 내 인생 길이 막막하대."

학년이 올라가면 모든 학생은 담임과 진로상담을 한다. 종수는 하나 둘 쓸쓸히 상담을 마치고 돌아오는 친구들을 보았다. 친구들이 도대체 어떤 고민을 하고 있는 걸까 궁금했던 종수는 친구에게 같이 술집에 가자고 했다. 주민등록증을 확인하지 않는 술집을 찾아둔 종수는 옷을 갈아입고 술집으로 향했다. 공부에 길들여 있지 않는 종수 같은 아이들의 아지트였다.

종수 부모는 종수가 책도 읽지 않고 안 좋은 아이들과 어울려 다닌다며 책이나 좀 읽으라고 내게 맡겼다. 전교 꼴찌를 달리는 녀석이니 부모님의 희망은 소박했다. 종수는 수업을 자주 빼먹었다. 그런 날은 술집에 있는 날이었다. 수업을 자주 빼먹는 이 녀석을 다룰 특별한 조치가 필요했다. 술집에서 수업을 해야겠다는 생각이 들었다. 초등학교 때부터 담배를 피웠고 술집이란 술집은 모두 꿰뚫고 있는 종수에게 학교 밖 세상은 녀석이 꿈꾸는 유토피아였다. 종수는 자신의 술값, 담뱃값도 아르바이트를 하면서 벌었다. 바깥세상을 돌아다니다 보니 미성년자로서는 받을 수 없는 높은 임금을 받아 종수의 수중엔 늘 돈이 남아돌았다.

종수를 찾아내는 건 쉬웠다. 한 사람을 이해하려면 그의 세계로 들어가야 한다. 맥주를 좋아하는 종수는 맥줏집 구석에서 친구 한 명과 각자 맥주 한 병씩을 시켜놓고 진로에 대한 고민을 하고 있었다.

“뭐 되고 싶은 건 많지. 방송 진행도 해보고 싶고, 그래픽 디자이너도 되고 싶고……. 근데 우리 이렇게 살다가 남은 인생 어떻게 되겠냐?”

학교 공부보다는 사회에 일찍 눈을 떠버린 종수는 술집 풍경과 자연스럽게 어울렸다. 종수는 친구와 진지한 고민을 나누고 있는데 내가 나타나자 잠시 놀란 듯하더니 곧 상황을 파악하고서는 친구를 먼저 보냈다. 나는 맥주를 시켜 한 모금 마시고 입을 열었다.

"학교 공부 때문에 하고 싶은 것 못했다고 이런 데서 탓하지 말고 네가 하고 싶은 걸 찾아가야지. 하고 싶은 것을 아직 발견하지 못했다면 네가 과연 하고 싶은 것이 무엇인지 스스로에게 물어봐."

"저… 선생님, 그러니까 공부는 안 되겠고 하기도 싫은데 되고 싶은 건 있거든요. 남들은 다 미친 듯이 공부하고 있는데 저는 그렇게 해서 대학 가기는 너무 힘들 것 같아요."

학년이 올라가니 종수도 미래가 걱정 되는 모양이었다.

"뭘 하고 싶은데?"

"방송국 PD가 되고 싶어요."

"그래? PD가 되려면 어떻게 해야 되는지는 아니?"

"잘 몰라요. 근데 그게 되고 싶어요."

막연하지만 종수가 꿈을 꾸기 시작했다는 건 좋은 일이었다. 하지만 방송 일을 꿈꾸는 아이들의 대다수가 진솔하게 자신의 내면을 들여다보지 않기 때문에 그들이 꿈꾸는 행복도 환상인 경우가 많다.

"술 마시면 행복하니?"

"참, 선생님도……. 제가 주량이 좀 센 거지 술 먹고 나면 다음

날 저도 힘들어요."

"그럼 술 담배를 줄일 일을 한번 해보자."

책도 잘 읽지 않는 종수가 학업을 충실히 하기란 쉽지 않은 일이다. 부모는 책만 읽히라고 했지만 종수에게 책 읽기는 글쓰기보다 더 어려운 일이라는 걸 나는 잘 안다. 책을 읽으면 아이가 똑똑해질 거라 생각하는 부모들이 많다. 공부에 흥미가 없는 아이들에겐 책 읽기가 학교 공부만큼이나 어렵다. 자신의 삶과는 먼 공부를 반복하는 것에 질린 아이들에게 남의 이야기는 공허한 메아리일 뿐이다. 그렇지만 종수는 학교 밖의 세상에 대해서는 누구보다 빨리 학습이 된 아이였다. 그래서 학교 밖에서 겪었던 이야기를 글로 써보라고 했다. 자신의 이야기를 자신보다 잘 아는 사람은 없기 때문이다. 사회에 필요한 공부를 하기 전에 자기가 누구인지를 찾아야 하는데 지식부터 받아들이라고 하니 아이들이 흥미를 가질 수 없는 것이다.

다음날 수업을 하러 왔을 때 종수에게 정말 하고 싶은 것이 무엇인지 써보라고 했다. 공부와 오랫동안 담을 쌓은 터라 녀석에게 긴 글을 쓰게 하는 건 무리였다. 아니나 다를까. 몇 줄 쓰고는 담배를 피우러 밖에 나갔다가 온다고 했다. 그리고 한참 있다 들어와서는 뭔가를 또 끄적이더니 다시 펜을 놓아버렸다.

종수
NOTE

오늘 하루도 다른 날과 다름없이 비슷한 하루가 흘러간다. 남들이 나보다 더 알차게 보내고 있을 것 같았다. 마치 나는 스쳐 지나가는 바람이라는 생각이 들었다. 하루가 지나도 내 생활이 달라지지 않아서인 것 같다.

내 눈으로 볼 때 우리 집안은 화목이라고는 조금도 찾아볼 수가 없다. 말을 해야 나도 뭐라도 이야기를 하지, 식구는 말도 잘 안하고 그저 자기 할 일만 할 뿐이다. 어쩌다 이런 분위기로 바뀌어졌는지 가족 모두가 잘 모른다. 학교에서 친구들과 떠드는 것처럼 말을 하고 싶은데 다들 월세방 하나씩 차지하고 서로 인사만 하는 벙어리들 같다.

대한민국 부모라면 성적에 관심 없는 부모는 한 명도 없을 것이다. 하지만 공부라는 단어는 내게 가혹한 벌이다.

엄마와 야구

처음에 몇 줄도 안 되던 종수의 글이 놀랍게도 갈수록 길어졌다. 학교 밖에서 벌어지는 온갖 이야기를 알고 있는 종수의 글은 오히려 다른 아이들의 글보다 현장감이 있고 솔직했다. 종수가 글을 다 쓰고 나면 가끔 맥줏집에서 맥주를 같이 마시기도 했다. 종수는 초등학생 때부터 엄마를 비롯한 주변 사람들에게 항상 지적을 받고 남들에 비해서 뒤처진다고 소외당했다. 친구들의 머릿속에 종수는 저능아라고 각인되어 있었다. 아이들은 모둠 활동을 할 때도 종수를 제외시켰다. 화가 난 종수는 그 아이들을 때리고 말았다. 그 일로 학교에서 혼났지만 집에 와서도 엄마에게 심한 욕을 들어야 했다.

"너 정신분열증 있어? 왜 쓸데없이 아이들 괴롭히고 엉뚱한 행동만 골라서 하는 거야? 그러니까 성적이 밑바닥이지."

종수는 엄마에게 학교에서 있었던 일에 대해 해명하려 했지만 엄마는 말할 기회조차 주지 않았다. 종수는 그렇게 말 못할 상처를 가슴에 품고 살며 괴로움에 시달려왔다.

종수
NOTE

엄마는 내가 야구하는 것을 굉장히 싫어했다. 공부를 해야 성공한다면서 다른 길을 밟아보지도 못하게 하려고 했다. 다행히 아빠의 허락으로 야구를 하게 되었다. 장식장에 있던 트로피가 가끔 없어지면 내 마음은 급격히 불안해졌다. 야구에 관심을 끊게 만들려고 하는 엄마와 나의 신경전은 계속되었다. 매일 엄마와 말싸움을 하는 것도 지쳐 엄마가 내 트로피를 가져가지 못하도록 방에 두고 문을 잠그고 다녔다. 엄마의 작은 키를 생각해서 일부러 책장의 맨 위에 올려두고 다녀야 마음이 편했다.

내 어깨가 좋아서인지 공 뿌리는 솜씨에 체육 선생님들이 놀라곤 했다. 프로선수까지는 아니지만 노련한 경기 운영과 속도 조절, 여러 구질의 변화구가 나를 빛냈다. 투수로서 나는 항상 볼카운트를 생각하면서 경기를 진행한다. 타자라면 입장은 달라지겠지만 나는 투수의 관점에서 항상 생각한다. 노란색의 스트라이크, 녹색의 볼, 그리고 빨간색의 아웃, 이 세 가지 색깔의 카운트를 모두 머릿속으로 계산하면서 공 하나를 던진다. 이 때문에 경기를 잘 이끌어내는 것이라는 생각도 든다. 야구부가 있는 몇몇 고등학교에서 스카우트 제의가 들어왔는데도 불구하고 모두 거절했다. 야구를 직업으로 삼을 생각은 전혀 없었기 때문이다. 고난뿐인 내 인생도 마지막에 스트라이크를 하나 꽂아 넣는다면 좋겠다.

주유소 아르바이트

종수는 중학교 때 야구에 빠져 살았는데 어깨 부상으로 야구를 그만두게 되었다. 갑자기 공부를 하려니 따라가기 힘들었던 종수는 노는 친구들과 주로 어울리게 되었고 서서히 어둠의 길로 빠져들기 시작했다. 술과 담배를 하다 보니 돈이 많이 필요했다. 그래서 처음에는 아이들의 돈을 뺏었지만 그것도 한계가 있었다. 돈을 뺏긴 아이가 경찰서에 신고하는 등 여러 문제로 종수를 경계하는 사람들이 많아졌기 때문이다.

그래서 주유소에서 아르바이트를 시작했다. 돈을 벌기란 힘들었다. 사장은 종수가 미성년자라고 만만했던 모양인지 일을 했는데도 돈을 주지 않았다. 아르바이트가 끝나고 종수가 일당을 받으러 가면 사장은 다음에 주겠다고 하면서 계속 주지 않았다. 종수는 경찰서에 신고하면 엄마에게 걸릴까봐 입을 다물고 있으려다가 돈이 필요한 상황이라 신고를 했다. 사장을 신고한 그날 종수는 결국 엄마에게 혼쭐이 나고 말았다. 아르바이트 비용을 뺀 나머지 수익은 점장이 가져간다는 것을 알게 된 종수는 왜 다른 친구들이 공부를 해서 대학에 가려는지 알게 되었다. 자신이 하류 인생을 살고 있는 것이 처음으로 부끄러웠다.

종수
NOTE

"야, 담배 없다. 하나만 빌려줘."

머리에 피도 안 마른 놈들 중의 하나인 나는 입에 담배를 물고 어른 행세를 부렸다. 게임방 주인장에게 거짓말을 하고 어른 요금을 낸 덕분에 미성년자 출입금지 시간인데도 쫓겨날 염려 따윈 없다. 우리의 게임 질주는 어디까지인지 가늠이 되질 않았다. 키보드와 마우스는 말처럼 날뛰었다. 컴퓨터 주위에는 재떨이, 컵라면, 과자봉지가 널려 있었다.

"야, 졸리다. 집에 가자."

새벽 2시가 되어서야 우리는 하품을 하며 일어섰다. 담배 냄새는 내 몸 곳곳에 스며들어 있었다. 현관문을 열고 들어가자 엄마가 무서운 눈초리로 문을 지키고 있었다.

"지금이 몇 신데 이제 들어와? 너 또 담배 피웠지? 나쁜 것만 배워가지고……. 네가 어른이야? 잘난 것 없는 너를 믿고 내가 왜 사는지 모르겠다. 하라는 공부는 안 하고 양아치 짓은 다하고 다녀. 나쁜 새끼!"

매 타작이 시작되었다. 엄마는 손에 들고 있던 효자손으로 내 등을 세게 후려쳤다. 어릴 때부터 엄마에게 맞고 자라서 익숙한 일이었다. 엄마보다 노는 것이 더 좋다고 생각 없이 말했다가 엄마에게 맞은 적도 많다. 하지만 오늘따라 엄마의 손에 힘이 들어가 있었다. 그동안 쌓인 감정의 무게 만큼 등에서 느껴지는 고통도 컸다. 엄마의 손이 가는 곳마다 빨개지고 피멍이 들었다.

나도 내가 맞을 짓을 했다는 사실은 알지만 가끔 엄마의 거친 말투 때문에 이유 없이 반항을 하고 싶어진다. 엄마는 내가 어릴 때부터 집안일과는 거리가 멀었다. 엄마 아빠의 바쁜 생활 덕에 우리는 꽤 괜찮은 아파트에서 살 수 있었고, 어릴 때부터 갖고 싶은 물건이 있으면 큰 어려움 없이 가질 수 있었다. 엄마는 우리 가족이 이렇게 살게 된 것이 열심히 일한 덕이라고 생각하고 있었다. 그런데 내가 고등학생이 되자 엄마는 나를 들볶기 시작했다. 엄마는 마치 자신이 살아온 인생이 나 때문인 것처럼 말했다. 대학에 갈 성적도 되지 못하는 내가 엄마에게는 마치 인생의 실패작처럼 보이는 것 같았다. 이제 와서 엄마가 내 옆에 자리잡으려 하지만 난 이제 엄마가 필요한 나이가 아니다. 엄마는 엄마로서 최선의 모습을 보여주려고 하지만 엄마와 나의 교집합은 없다.

부러진 우정

어느 날 종수가 왼팔에 깁스를 하고 온몸에 멍이 든 채 글쓰기 수업을 하러 왔다.

"세상에! 무슨 일이 일어난 거야? 온몸이 보라색이네."

"생일빵 먹었어요."

"생일빵? 네 생일에 애들이 그렇게 한 거야?"

남자아이들 사이에서 생일을 맞은 친구를 선물 대신에 때리는 '생일빵'을 나도 진즉 알고는 있었다. 그런데 실제로 이렇게 심한 상처를 낸다는 것까진 알지 못했다.

"저도 걔들 생일날 때렸는데요 뭘. 올해는 숨기려고 했는데 들키고 말았어요."

종수는 팔이 부러졌는데도 아무렇지 않은 듯 말했다.

"아무리 그래도 그렇지. 부모님이 보고 놀라셨겠다."

"작년에는 멍만 들었는데 올해는 뼈까지 부러졌으니 엄마가 병원에 와서 카드 긁고는 한숨 쉬며 가버리더라고요."

종수
NOTE

'오늘은 마음 편하게 학교를 갈 수 있겠어!'

오늘 하루만큼은 빈 책가방만큼이나 마음이 가볍다. 생일빵을 피할 수 있는 해가 인생에 과연 몇 번이나 있을까. 우리는 생일 때마다 생일빵을 맞으며 지내왔는데 오늘은 내 생일이다. 일 년 동안 내 생일을 비밀에 부치기로 마음먹었는데 다행히 오늘까지 애들이 알아채지 못한 것 같다. 생일이니 집에 가긴 그렇고 게임방으로 갈까 노래방으로 갈까 당구장을 갈까 수업 내내 놀거리들만 생각했다.

마지막 수업이 끝났다. 종이 울리자마자 가방을 들고 친구들과 교문을 향해 뛰었다.

"너 이 새끼, 이리 안 와?"

학생부 선생님의 목소리가 들렸다. 잠시 멈칫하다가 도망쳤다. 내 위치는 선생님보다 한참 앞에 있었기 때문이다. 오늘 하루만은 선생님에게 아무런 소리도 간섭도 듣고 싶지 않았다. 게임방에서 놀다가 집에 가기 한 시간을 남겨두고 노래방으로 향했다. 7천 원을 건네고 방으로 들어가는데 친구 하나가 이상하게 물었다.

"왜 네가 돈을 다 내냐? 무슨 날이야?"

"오늘 내 생……."

아차, 입을 막았다. 혹시 들킨 건 아닌지 주위를 바라봤다. 분위기가 급히 싸해졌다.

"오늘 네 생일이구나? 들어와, 놀자."

친구들 눈치를 보면서 노래를 부르는데 한 녀석이 생일축하 노래를 예약했다. 그리고 곧 노래가 시작되었다.

"친구야, 오늘은 네 생일이니까 맞는 거잖아. 기분 나쁘게 생각하지 말아줬으면 해."

노래가 시작하기 무섭게 주먹 한 방이 배를 찔렀다. 그리고 한 대 두 대씩 맞고 친구들에게 돌아가며 나이만큼 맞고 나니 몇 대를 맞았는지 셀 수가 없었다. 친구들은 다 때려놓고도 또 때리는 것 같았다. 내 몸은 점점 부어오르고 전신이 쑤셨다. 제대로 걷지도 못할 만큼 다리가 풀렸다.

"야! 너 아까 다 때렸잖아! 그만 때려. 제발 그만 때려."

"생일인데 왜 그래? 조금만 더 맞자. 열일곱 대 딱 맞추면 정 떨어지지. 자, 생일축하 한 곡 더 부르자."

한 친구가 생일축하 노래를 열심히 불렀다. 아이들은 그 노래에 맞춰 또 때리고 나는 계속 맞았다. 쓰러지고서도 눈물을 참으며 밟히고 있는데 무언가 내 팔을 강타했다. 그리고 팔에는 전혀 힘이 들어가지 않고 아프기만 했다. 뼈가 부러진 것이다. 내 팔이 대롱대롱 흔들리는 것을 본 친구들의 표정은 겁에 질린 듯 싹 변했다. 그리고 나를 둘러싸고 서로 때린 적이 없다며 시치미를 떼고는 미안하다는 말 한 마디만 툭 뱉어놓고 조용히 사라졌다. 노래방에 홀로 남은 나는 부러진 팔을 들고 밖으로 걸어 나갔다. 노래방 주인이 깜짝 놀라더니 겁에 질린 표정으로 바라보았다.

아픔을 참아내며 병원으로 향하는 동안 머릿속에서는 친구들에 대한 배신감만 떠올랐다.

'나쁜 새끼들. 아무리 생일빵이라지만 사람 이렇게 만들어 놓고 어떻게 미안하다는 말 한 마디로 끝낼 수가 있어?'

나는 팔이 부러지고 나서야 내가 이런 잘못된 청소년문화 속에서 살아가고 있다는 것을 깨달았다.

봉사활동이 가져온 변화

종수는 글을 쓰면서 고등학생으로서 하지 말아야 했던 행동을 되돌아보면서 포기했던 공부에도 관심을 두기 시작했다. 입시의 압박은 이전의 습관을 다시 불러일으켰지만 종수의 내면은 성장으로 방향을 틀기 시작했다. 그리고 엄마의 권유로 무료급식소 봉사활동을 해보기로 했다. 산만한 성격을 고치고 새롭게 살아보려는 의지였다.

스스로 부적응의 집에서 살았던 종수는 그 속박에서 벗어나자 그동안 자신을 묶어놓았던 그 틀이 아무것도 아니라는 것을 알게 되었다. 세상의 방식을 조금만 이해하면 되는 거였고, 학교에서 하라고 하는 것, 세상 사람들이 하라고 하는 것에 일탈만 하지 않으면 된다는 것을 알게 되었다.

엄마 식대로 살기 싫어서 지어놓은 종수의 집은 무너져 내렸다. 사막 위에 지어놓은 모래집처럼 종수의 집은 바람에 흩어져 버렸다. 하지만 더욱 단단한 집을 짓기 위해 종수는 이른 아침 세찬 바람을 맞으며 무료급식소로 들어갔다.

종수
NOTE

"학생, 어묵 좀 더 줘요."

할머니에게 반찬을 드릴 때 내 머릿속에 뭔가 떨어지는 느낌이 들었다. 엄마의 잔소리가 내 가슴속에 와 닿았다.

'너 잘되라고 하는 거야.'

가만히 생각해 보니 엄마가 내게 봉사활동을 시킨 이유는 학교생활기록부에 들어가는 점수를 채우기 위해서였다.

"학생이 참 친절하구려. 큰사람 되겠어."

칭찬을 받는 순간 기분이 묘했다. 어린아이도 아닌데 나는 어린아이처럼 들떴다. 이왕 이렇게 된 거 열심히 해보기로 했다. 반찬이 모자라면 가져다 드리고, 음식물 찌꺼기를 처리하고, 식사를 마치고 급식소를 나가는 사람들에게 친절한 미소를 띄워 보냈다.

봉사를 마치고 갈 준비를 하는데 자원봉사자 아저씨가 남는 밥을 다 같이 나눠 먹자며 말을 걸어왔다.

"엄마가 너 봉사하는 거 되게 싫어한다고 그러시더라. 봉사라는 건 노인들이나 노숙자 같은 사회적 약자들을 사랑할 줄도 알자는 걸 알려주기 위한 거야. 봉사활동 점수를 얻기 위해 하는 학생도 있겠지만 봉사는 좋은 일이야."

자원봉사자 아저씨의 마음 때문에 새로운 깨달음을 얻었다. 엄마가 옆에서 보일 듯 말 듯한 미소를 지었다.

집으로 돌아가면서 '무료급식'이라고 쓰여 있는 간판을 다시 한 번 쳐다보았다. 아저씨는 우리 차가 자신의 시야에서 벗어날 때까지 손을 흔들어주었다. 이제 난 무료급식소 봉사활동을 멈출 수가 없다. 큰 힘이 되진 못하겠지만 나의 작은 손이 그들의 가슴속에 작은 민들레꽃을 피우게 할 수 있다면 좋겠다는 생각을 했다.

세홍 STORY

상실의 밑바닥에서

갑작스레 몰려온 슬픔의 파도에 휩쓸려

나를 잃어버릴 정도로 울어버릴까봐 겁이 난다.

-세홍의 노트 중에서

채워지지 않는 허기

세홍이가 글공부를 하겠다고 찾아왔다. 판타지 소설만 쓰다 보니 이렇게 살면 안 되겠다는 자각이 들었다고 했다. 피부가 유난히 검고 쾌활해 보이는 세홍이의 눈빛엔 체념이 슬핏 보였다. 부모와 같이 온 것이 아니라 스스로 찾아왔기에 부모님에 대해 물었더니 엄마가 초등학교 5학년 때 돌아가셨고, 지금은 아빠와 함께 살고 있다고 거리낌 없이 말했다.

요즘 고2 학생답지 않게 세홍이는 혼자서 모든 것을 알아서 한다. 아빠가 세홍이의 체크카드에 돈을 넣어 두었기 때문에 세홍이는 정해진 액수 내에서 밥값과 교통비 등을 계획해서 쓰고 있었다.

세홍이의 스케줄은 일주일 내내 빡빡하게 짜여 있다. 그래봤자 친구들 만나는 일이 대부분이다. 세홍이는 학교 밖 모임을 수없이 만들었다. 최근에는 판타지 소설 모임을 만들었다고 했다. 자신이 모임을 만들었기 때문에 친구들을 관리하고 소설을 쓰느라 밤을 새는 경우도 많지만 이 또한 오래 가지 않을 거라고 했다. 세홍이는 일을 시작하면 곧바로 몰입하지만 금방 싫증을 낸다. 작년에는 학교가 끝나면 아이돌 그룹을 쫓아다녔고, 공연 티켓을

구입하느라 돈도 많이 날렸다고 했다. 그렇게 열광적으로 쫓아다닌 일도 세홍이의 관심을 오래 붙들어 놓진 못했다.

엄마의 부재를 어떤 식으로든 채워보려고 했지만 세상을 감당하기에 아직은 어린 세홍이는 감정이 마비된 채로 살아가는 것처럼 보였다. 인생이 무의미해지고 감당할 수 없게 느껴질 때 정신도 점점 무감각해진다. 세홍이는 어떻게 살아갈지, 살아간다 해도 왜 살아가야 하는지 의문스러워하며 그저 하루를 견뎌낼 방법을 찾고 있는 것 같았다.

휴대폰을 켜보니 아빠에게 부재중 전화가 하나 와 있었다. 이제 막 학교가 끝난 참이라 전화를 거니 연결음도 가지 않고 바로 받는다.

"엄마 병원 가볼래? 엄마가 너 보고 싶대."

"나 곧 있으면 학원 가야 돼. 싫어."

"나는 매일 가는데도 반겨주질 않는데 엄마는 너 보고 싶다고, 언제 오냐고 물으며 네 이야기만 해. 그게 얼마나 괴로운지 알아?"

"아빠 혼자 가. 끊어."

아빠는 엄마가 있는 병원에 같이 가자고 말했지만 나는 매번 거부했다. 병실에 홀로 누워 있는 엄마의 모습이 너무 외로워 보여서 같이 있어 주고도 싶었지만 볼품없이 마른 엄마를 보고 싶지 않은 마음이 더 컸기 때문에 일부러 병문안을 가지 않았다. 원래 마른 사람이었지만 가끔 볼 때 내 얼굴을 어루만지던 손에서는 살이라곤 찾아볼 수 없이 뼈만 느껴졌다.

나는 집으로 향하던 걸음을 멈추고 학원으로 발걸음을 돌렸다. 지연이를 불러볼까 생각했지만 방과후 공부로 늦게 끝난다는 것을 떠올리고 휴대폰을 주머니에 넣었다.

엄마는 그렇게 병원에 있다가 생의 마지막을 모국인 필리핀에서 지냈다. 어릴 적 엄마가 사용했던 방의 침대에서 편안히 주무시다 돌아가셨다고 들었다. 묘지도 필리핀에 있어 찾아가기도 어렵다.

엄마가 돌아가시자 아빠는 나를 방치했다. 그리고 웬만한 일에는 간섭을 하지 않았다. 그만큼 소통이 없었다는 뜻이다. 밤늦게 집에 들어가면 사람의 온기라곤 찾아볼 수 없게 되었다.

엄마의 빈자리

세홍이 엄마는 필리핀 사람이었다. 아빠와 결혼하기 위해 한국에 와서 세홍이를 낳고 필리핀에서 세상을 떠났다. 세홍이는 엄마가 어떤 사람인지에 대해서는 자세히 얘기하지 않았다. 원망도 있을 법했지만 세홍이는 엄마의 존재가 자신의 삶에 큰 비중이 없는 듯했다.

세홍이 엄마가 병원에 있는 근 2년 동안 집은 텅텅 비어 있었다. 세홍이 아빠와 세홍이에게 집은 고단한 몸을 잠깐 뉘이는 곳에 불과했다. 부녀는 같이 밥을 먹는 일도 거의 없었고, 꼭 필요한 이야기 외엔 서로 대화를 하지 않았다.

세홍이와 아빠를 묶어두는 끈이었던 엄마가 세상을 떠나면서 두 사람 사이의 간격도 점점 벌어지고 있었다. 세홍이는 점심은 학교에서 해결하고 저녁은 대부분 편의점 도시락으로 때우곤 했다. 세홍이 아빠는 집에 일찍 오는 날이면 음식을 사들고 왔다.

나는 세홍이가 집밥을 못 먹는다는 것을 알고 세홍이 몫까지 밥과 반찬을 챙기게 되었다. 몸은 말랐지만 식성이 좋은 세홍이는 밥을 먹어도 금방 허기가 진다고 했다. 세홍이의 결핍을 채워줄 것은 밥이 아닌 것 같았다.

세홍이 아빠는 아내가 죽은 지 얼마 되지 않았을 때 여동생이 전달해준 장례식 영상을 몇 번이고 틀어 보았다. 거실에는 아빠의 울음소리가 가득했지만 세홍이는 엄마의 죽음에도 별 생각이 없는 듯 컴퓨터 게임만 했다.

아내의 빈자리가 컸던 세홍이 아빠는 어느 날 술에 취해 들어오며 딸에게 그동안 쌓였던 감정을 쏟아냈다. 세홍이는 가만히 충고를 들을 성격이 아니어서 대화하기 싫다는 티를 냈다.

"아빠 말에 대답도 안 해? 이딴 게 자식 놈이야?"

술이 오르자 세홍이 아빠의 몸속에 숨겨놓은 감정들도 함께 올라왔다. 감정을 쏟아 부을 대상이 필요했다. 그러자 딸의 태도가 거슬렸고 책상 위에 있는 물건을 쓸어버렸다. 웬만한 물건은 바닥에 떨어졌고, 유리 깨지는 소리가 났다. 세홍이 아빠는 책꽂이에 꽂혀 있는 책을 던지며 큰소리를 질렀지만 딸의 반응이 없자 문을 세게 닫으며 집 밖으로 나가버렸다.

새벽녘에 현관문을 열고 들어온 세홍이 아빠는 신발 벗는 것도 잊은 채 신발장 앞에서 소변을 보고는 쓰러졌다. 문 여는 소리가 나자 세홍이는 달려가서 아빠를 방으로 끌어다 눕혔다. 그리고 수건을 잔뜩 가져와 신발장을 닦고, 냄새가 배지 않도록 탈취제까지 뿌렸고 오줌이 묻은 신발은 일단 화장실에 던져두었다. 세홍이는 집안일을 할 줄 몰랐지만 이럴 땐 어쩔 수 없이 아빠의 뒤치닥거리를 해야만 했다. 신발 빠는 법을 몰라 세홍이는 세탁기에 신발을 넣고 돌렸다.

세홍이 아빠는 그 후부터 집에 잘 안 들어왔고, 세홍이는 학교가 끝나면 학원에 갔다가 집으로 돌아오는 반복적인 하루를 보내고 있었다. 세홍이는 담배 냄새 나고 코고는 소리만 들리는 집이 싫었다. 세홍이 아빠는 세홍이가 성인이 될 때까지만 같이 있겠다는 생각이었고, 세홍이 역시 아빠의 그런 생각에 암묵적으로 동의했다.

세홍이는 다른 아이들과 달리 부모에게 혼나는 일도 없었고, 통금 시간도 없었다. 밤늦게 집에 들어가 방에 가방을 두고 간단히 씻고 바로 잠자리에 드는 것 외에는 집에서 할 일이 별로 없었다. 부녀는 사별을 겪으면서 각자 자신만의 답을 찾아가고 있었다.

세홍
NOTE

아빠가 이번에는 자살 시도를 했다. 그것도 혼자 죽는 것이 아니고 자신의 딸과 함께 죽으려 했다. 1시간이었다. 이 사건이 종결되는 데 걸린 시간 말이다. 그리 짧지도 길지도 않은 시간이었지만 만약 내가 깨어 있지 않았더라면, 방의 창문을 열지 않았더라면 다음 날 우리 집 현관문을 열고 밖으로 나가는 사람은 아무도 없었을 것이다. 나는 친구를 많이 사귀지도 않았고, 같이 등교하는 친구도 없다. 아빠 또한 좁은 인간관계를 지녔으며 할 줄 아는 일은 술 마시는 것밖에 없어서 우리의 죽음을 알아채는 시점은 적어도 한 달이 지난 뒤일지도 모른다. 가스를 점검하러 오거나 아파트 관리비를 내지 않아 우리 집 문을 열었을 때 썩은 냄새가 풍길지도 모르겠다.

아빠에게 왜 불을 질렀냐고 물었다. 그러자 오는 대답이 가관이었다.

"혼자 죽으면 아쉬우니 같이 죽으려고 했지. 너도 살기 싫을 거 아냐."

아빠는 왜 남의 목숨을 자기 멋대로 판단하는지, 끝까지

자기 생각밖에 안 하는 건지 알 수 없다. 가뜩이나 소홀했던 가족관계에 마침표를 찍자는 말이 목구멍까지 치밀어 오른 날이었다. 전에는 식사를 할 때 한 마디 정도라도 나눴는데 그 사건 이후 그조차도 사라졌다. 아빠와 나는 이제 가족이 아닌 유령이다. 대화를 안 한 지 오래되었다. 나 또한 무관심에 익숙해져서 먼저 말을 걸지 않으니 아빠가 어디에서 뭘 하는지 집에 오기는 하는지도 모르게 됐다.

나는 책임을 지지도 않고 도움을 구하지도 않는다. 말 그대로 나 편하자고 이기적으로 행동한다. 죄책감이 들기도 하지만 어쩔 수 없다. 그것이 좋은 영향을 끼치든 나쁜 영향을 끼치든 나는 사람들의 관심 자체가 싫다. 이 상황에서 내게 가장 필요한 것은 아무런 생각을 하지 않을 수 있는 환경, 그것이 전부다. 무관심을 받고 자란 나에게 이번 사건으로 주변의 주목을 받게 되어서 너무나 당황스러웠다.

자살 소동

세홍이와 세홍이 아빠의 외로움은 제각각 커져 갔다. 아빠는 새로운 아내를 찾으러 다녔고, 새엄마를 맞기 싫은 세홍이는 아빠와 헤어질 날이 다가옴을 느꼈지만 독립하면 막막해질 것 같은 생각에 고민만 깊어갔다.

그러던 어느 날 잠이 오지 않아 휴대폰으로 게임을 하고 있던 세홍이는 갑자기 숨을 쉬는 게 힘들어지고 눈이 매워지며 눈물이 줄줄 흘러나왔다. 콜록거리며 불을 켜보니 천장에 회색 연기가 가득 들어차 있었다. 상황 판단이 되지 않아 잠시 멍하게 서 있다가 급히 집에 있는 창문을 전부 활짝 열었다. 화장실 환풍기도 돌리고 베란다 문을 열려고 베란다에 들어서자 빨래통의 한쪽 면이 녹아내리는 기이한 광경이 벌어지고 있었다. 세홍이의 귀에 들리는 플라스틱이 녹는 소리는 마치 학교 칠판을 손톱으로 강하게 긁어내리는 것 같았다.

세홍이는 모든 창문을 연 뒤 후다닥 이불 안으로 들어가 귀를 막았다. 불을 꺼야 했지만 워낙 작은 불이고 괜히 물을 부었다가 더 심해지는 건 아닐까 하는 걱정이 세홍이의 행동을 막아섰다. 세홍이는 웅크린 채 모든 상황이 끝나기를 바랐다.

연기가 빠지고 이제야 숨을 쉬겠다 싶을 무렵 바깥에서 사람들이 웅성거렸다. 다들 연기 때문에 밖으로 나온 듯 보였다. 오래지 않아 아파트에 작은 불이 났으니 서둘러 대피하라는 안내방송이 거실을 가득 메웠다. 주변이 그렇게 시끄러웠는데도 세홍이 아빠는 방에서 나오지 않았다.

세홍이는 나가지 않고 이불 밖으로 얼굴만 살짝 내밀었다. 침대 바로 뒤편이 창문이라 바깥 상황이 전부 보였다. 스무 명 정도의 사람들이 걱정과 불안이 가득한 표정으로 올려다봤다. 그리고 그곳에는 경찰도 있었다. 세홍이는 엘리베이터 소리를 듣고 나서야 안도의 한숨을 내쉬고 이불 밖으로 나왔다. 슬쩍 밖을 내다 보니 텅 빈 주차장이 보였다. 경찰차는 주변을 순회하고 있었지만 곧 돌아갈 기색을 보이고 있었다.

세흥
NOTE

'이럴 땐 어떻게 대처하는 거야.'

페이스북에 접속해서 살려달라는 글을 적었다. 누구라도 댓글을 달아주겠지 싶었다. 하지만 타임라인을 새로고침 했을 때 댓글 수는 여전히 0이었고, 시간이 지나도 오를 생각을 하지 않았다.

시야가 뿌옇게 변하고 곧이어 뜨거운 무엇이 내 볼을 타고 흘러내렸다. 비릿한 향을 풍기는 액체가 가득한 거실이 자꾸 아른거렸다. 누군가 내게 속삭였다. 이렇게 다친 사람도 무시할 거냐고. 도와주지 않을 거냐고. 누구는 도와주고 싶지 않아서 이러는 줄 아냐고 소리치고 싶었다. 나한테 뭐라 할 거면 도와주고 잔소리 하라고 말하고 싶었다. 하지만 그럴 수 없었던 점은 다른 사람에게 도움을 청할 용기가 없었기 때문이다. 어찌됐든 자신을 거두고 돌봐주는 아빠인데 그런 사람의 피가 차갑게 식어가는 모습을 그저 지켜보고만 있다니. 급히 응급실로 옮겨야 하는 상황임에도 어찌할 줄 모르며 발만 동동 굴리고 있는 내 자신이 너무도 한심했다.

글을 올려도 아무도 대답을 안 해주는 좁디좁은 인간관계가 한탄스러웠다. 가까운 사람이 위급한 시기에 제대로 대처할 수 없는 나 자신에게도 환멸을 느꼈다. 이러다 내가 죽었을 때 아무도 장례식에 와줄 것 같지 않은 불안함으로 몸이 떨렸다. 소심한 내 성격이 너무 짜증났다. 결국 내가 할 수 있는 일은 조용히 울음을 터뜨리며 아빠가 무사히 깨어나기를 바라는 것밖에 없었다. 엄마가 돌아가셨을 때도 흘리지 않았던 눈물을 처음으로 흘렸다.

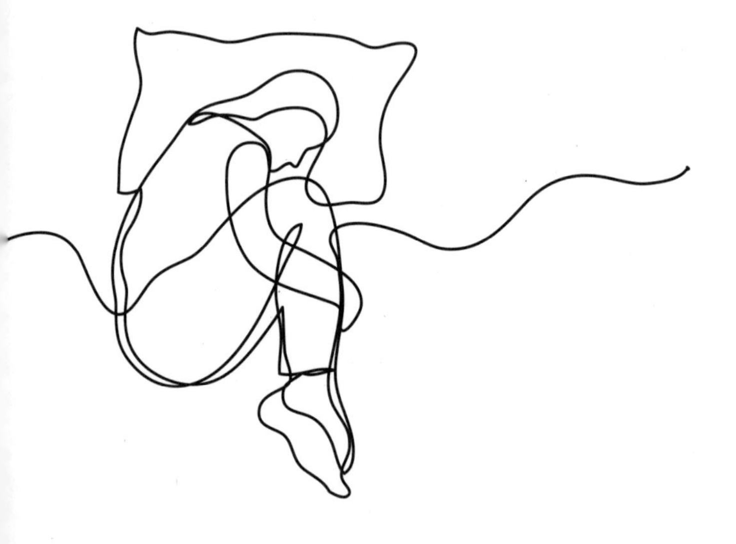

첫 눈물

자살기도 사건 이후 세홍이는 조금씩 우울증 증세를 보였다. 조퇴나 병결처리로 학교를 빼먹고 예전엔 그토록 있기 싫은 집에 머무는 시간이 늘어갔다. 혼자 있는 시간이 익숙해졌다. 그러다가 집을 나가려고 청소년 쉼터를 찾아보기 시작한 즈음에 또 다른 사건이 터졌다.

세홍이 아빠는 평소처럼 술에 찌든 채 귀가했다. 둘 다 늦은 시간에 들어오니 집안은 청소를 안 해서 거실은 쓰레기장처럼 변해갔다. 택배 때문에 생긴 상자들도 치우지 않아서 거실이 너저분해졌다. 세홍이는 그때 자기 방에서 불을 켜고 휴대폰으로 판타지 소설을 읽고 있었다. 그러다 복도에서 불규칙한 걸음소리가 들리자마자 곧장 불을 끄고 자는 척했다.

세홍이 아빠는 무사히 신발을 벗었지만 이곳저곳에 부딪혀 쿵, 쿵 하는 소리가 났다. 세홍이는 아빠가 소파에서 자주 잠을 자기 때문에 다칠까봐 소파에 있는 물건은 미리 치워두었다. 그런데 우당탕! 하는 소리와 함께 우르르 물건 쏟아지는 소리, 곧이어 육중한 무게가 넘어지는 소리가 들렸다. 이어서 아픔에 호소하는 신음 섞인 욕설이 들려왔다. 세홍이는 무슨 상황인지 궁금

했지만 자신이 깨어 있다는 사실을 들킬까봐 인기척을 내지 않았다. 아빠의 술주정을 들어주고 싶지 않았다. 내일은 뭘 하지, 이번 주에 외워야 하는 영어 단어가 몇 개였지 등의 소소한 생각으로 사태를 외면했다.

시간이 얼마나 흘렀을까. 세홍이는 발자국 소리가 들리지 않게 양말을 신고 최대한 소음이 나지 않게 조심하며 문을 열고 문틈으로 밖을 살펴보았다. 술에 취한 아빠는 비틀거리며 소파로 걸어가다가 바닥에 깔린 종이를 밟고 미끄러졌다. 하필이면 그 뒤에 식탁이 있었고, 뒤로 넘어지며 모서리에 머리를 찧었던 것이다. 머리에서 피가 흘러나와 거실 바닥이 붉은 빛으로 물들어가고 있었다. 숨을 내쉬는 소리조차 들리지 않았다. 세홍이는 머리가 하얘져서 아무런 생각을 할 수가 없었다. 바닥에 스며드는 액체를 손가락으로 쓸어보았다. 그러자 따스한 온기를 지닌 짙은 선혈이 묻어나왔고, 손에서 철 냄새가 났다. 119에 신고할 용기가 나지 않아서 세홍이는 다시 자기 방으로 돌아왔다. 아빠가 쓰러졌지만 대처를 하지 못하고 울다가 잠이 들었다.

다음날 잠에서 깨어 거실로 나갔을 때 세홍이는 소파에 앉아 TV를 보는 아빠의 모습을 보았다. 세홍이는 잠시 멍해 있다가 울컥하여 툭 던지듯 물었다.

"아빠, 괜찮아?"

"병원 갔다 왔는데 피를 많이 흘려서 빈혈까지 생겼단다."

여느 때와 다르게 세홍이 아빠는 세홍이를 탓하지 않았다. 세홍이는 그런 아빠의 심경 변화가 무엇 때문인지 궁금해졌다.

"죄송해요. 신고했어야 했는데 너무 무서워서……."

"됐다. 너도 어린데 그럴 수도 있지. 그냥 공부나 해."

세홍이는 아빠와 시선을 마주한 게 얼마 만인지 계산할 수가 없었다. 세홍이는 대답을 얼버무리며 방으로 들어갔다.

세홍이는 겉으로는 아무런 문제 없이 행동하지만 속으로는 세상을 원망하고 있었고, 위급한 상황에도 사람들에게 손을 내밀지 않았다. 엄마의 죽음을 외면할 것이 아니라 아빠와 충분히 이야기하고 슬퍼해야 했던 것이다. 하지만 세홍이 아빠도 아내를 잃은 상실의 고통에서 헤어나지 못했고, 세홍이 역시 혼자 감당하기 버거운 고통을 나눌 사람이 없었다.

슬퍼하지 않으면 그 슬픔은 몸과 마음에 그대로 남게 된다. 세홍이는 너무도 오랫동안 고립되어 지내왔다. 고립감에 빠져 있으면 세상을 똑바로 바라볼 수 없게 된다.

세홍이는 자신의 이야기들을 글로 내보낸 날 처음으로 세상에서 불어오는 바람을 한껏 들이마셨다.

세훙
NOTE

질릴 정도로 많이 했던 휴대폰이라 잘 보이지 않아도 타자를 칠 수 있었다. 오타는 많지만 못 알아볼 정도는 아니다. 나중에 고치면 되니까. 생각을 정리하고 적는 것은 예상 외로 힘들었다. 안 좋은 기억이 다시 떠오르면서 내 상처를 후볐다. 자꾸만 내가 했던 나쁜 행동들이 꼬리를 잡고 늘어졌다.

한번 쓰기 시작하자 그동안 충분히 슬퍼하지 못한 사건들이 연달아 나왔다. 어머니가 돌아가셨던 때가 먼저 떠올랐다. 또 같이 등교하는 친구들이 나를 보고 수군대다가 결국 등을 돌렸던 것도 기억났다. 뭣도 모르고 선생님께 반항하다가 빈 교실로 불려가 회초리로 맞았던 것도 생각났다. 그 밖에도 많은 것들이 내 안에서 뿜어져 나왔다. 그동안 어떻게 참고 있었는지 모르겠다. 이렇게 서러울 줄 알았으면 조금씩 자주 슬퍼할 걸. 갑작스레 몰려온 슬픔의 파도에 휩쓸려 나를 잃어버릴 정도로 울어버릴까봐 겁이 난다. 한편으론 이렇게 슬퍼하면 사소한 일에도 상처받을 텐데 그럼 내 마음은 어떻게 버텨낼지 걱정이 되기도 한다.

하지만 모두 이야기하고 나니 태풍이 떠나고 깊은 심해에 가라앉은 기분이다. 손을 뻗어도 아무도 잡아주지 않는 바다 속이지만 안정감이 생긴다. 작은 웃음이 나왔다. 망가진 아빠와 내가 다시 나아질 수 있을 것도 같다. 잔뜩 엉킨 실타래는 쉽게 풀리지 않겠지만 내가 먼저 한 곳을 푸는 서툰 시도라도 해볼 수 있겠다는 생각이 들었다.

은정 STORY

담장 너머 세상으로

다들 코앞에 있는 것만 생각하는데
나는 조금 더 멀리 보는 것이기에
사람들이 받아들이지 못하는 거라고.

–은정의 노트 중에서

남의 시선 따위

이제 고1에 막 올라선 은정이는 유행이 지나고 허름한 갈색 점퍼를 입고 있었고, 노랗게 염색한 머리는 눈마저 가릴 듯이 길게 내려와 있었다. 누가 봐도 공부는 그닥 잘할 것 같아 보이지 않았다.

보험설계사인 은정이 엄마는 밤낮으로 바쁜 가운데서도 은정이를 그대로 두고 볼 수 없어서 점집을 찾아다니다가 글쓰기를 시켜보라는 주위의 권유로 나에게 보내게 되었다. 불량한 애들과 어울려 다니며 공부를 접어버린 은정이에게 글을 쓰게 한다는 것은 그야말로 모험이었다. 은정이 엄마는 은정이 때문에 왔는데도 은정이 이야기는 짧게 하고 보험 가입을 권했다. 그래서 나도 어쩔 수 없이 보험 하나를 들어 줄 수밖에 없었다.

씨름 시작 전 서로를 탐색하듯 은정이는 의심의 눈초리로 몇 달을 지냈고, 나도 은정이를 관찰해 나갔다. 남자 못지않게 힘이 세고 매서운 은정이는 주로 남자아이들과 어울려 다녔다. 반면 여자아이들은 은정이와 같이 있는 것조차 싫어했다. 간혹 가슴이 도드라져 보이는 티셔츠에 꽉 끼는 청바지를 입고 오기도 하고 남자아이들과 서슴없이 스킨십을 하는 은정이가 못마땅했던 것이다. 하지만 은정이는 남의 시선 따윈 신경쓰지 않았다. 누군가 시비를 걸면 고함을 치거나 정강이뼈를 걷어찼고, 자신을 험담하거나 위협적인 행동을 해오면 여자의 가슴, 남자의 아랫도리를 잡고 모멸감을 주기도 했다. 그렇게 은정이에게 무릎을 꿇는 사람이 하나 둘 늘어났고, 은정이 엄마도 예외는 아니었다.

은정
NOTE

엄마는 허구한 날 학교를 빼먹고 학교 안팎에서 애들 돈이나 뜯는 내가 책이나 읽고 글을 쓰면 마음이 차분해지거나 착해지는 줄 아는 모양이다. 그래. 난 매사가 부정적이다. 중학교 때 일진회의 리더로 있었고, 담배 피우고 춤추고 노는 애였다. 중학교 1학년 때는 친구들 때문에 살았고 친구만 있으면 세상 무서울 게 없었다. 공부보다는 친구들과 어울려 지내는 것이 더 좋았다.

나를 옹호하거나 위로하는 사람은 한 사람도 없다. 막무가내 보험쟁이 엄마, 조폭 같은 아빠……. 가정교육을 잘못 받았다는 식으로 모두 비아냥대기만 했다. 하지만 사람들은 엄마가 만만찮은 사람이라는 것을 알고 있기 때문에 쉬쉬했다. 그리고 엄마도 가능하면 호랑이 발톱을 드러내지 않으려고 애썼다. 고객을 만들려면 매사에 조심하지 않으면 안 된다는 것을 엄마도 알고 있었다. 그래서 겉으론 늘 웃음을 짓고 있다. 엄마는 다른 보험설계사보다 더 많은 사은품과 물품을 안겨 주면서 그 세계에서 살아가고 있는 것이다.

엄마는 보험왕

은정이가 누군가와 통화하는 내내 쌍욕과 거친 말투가 오가는 것이 귀에 거슬렸다. 통화를 끝낸 은정이에게 내가 언짢은 표정을 지으며 물었다.

"지금 누구하고 통화한 거니?"

"미친년하구요."

"미친년이라니?"

은정이가 콧바람을 휭 뿌리며 말했다.

"누군 누구예요, 우리 엄마죠."

나는 깜짝 놀랐다. 평소에 욕을 잘하는 은정이었지만 설마 엄마에게까지 그렇게 심한 욕을 쓸 줄 몰랐다. 나는 늘 은정이의 말투를 지적해왔지만 은정이는 쉽사리 바꾸지 못했다. 요즘 청소년들은 스트레스를 풀기 위해서, 남들이 만만하게 볼까봐, 누군가를 무시하거나 비웃기 위해서 등의 이유로 습관적으로 욕을 한다. 인간은 모두 감정을 가지고 있는데 이것을 표출하지 못하면 억압이 되긴 하지만 뭐든지 과할 때 문제가 된다. 어린 시절 욕을 듣고 자란 아이들은 불안감과 우울감, 소외감을 많이 느낀다고 하는데 은정이는 엄마에게 도대체 무엇 때문에 그리

분노하고 있는 것일까.

"엄마는 용돈이나 옷을 사줄 때 차별을 해요. 동생에게는 이상하리만치 잘해주고 맏딸인 저에게는 용돈을 제대로 주지 않아요. 나는 엄마에게 왜 차별하느냐고 따지면 엄마는 욕만 퍼부어요. 동생은 많이 먹어도 살이 찌지 않는 체질인데 엄마는 동생의 살을 찌우려고 밑도 끝도 없이 먹을 걸 주고 있잖아요. 그러면서 내가 쓰는 돈은 철저히 간섭하고요."

은정이는 입을 열었다 하면 엄마에 대해 지나칠 정도로 험담을 늘어놓았다. 자신의 생일은 챙겨주지 않으면서 엄마 생일날 가만히 있으면 부모 생일도 모르는 불효자식으로 몰아붙인다는 둥, 학교운영위원을 하면서 담임이나 교장, 교감에게 걸핏하면 선물공세에다 촌지를 넣어준다는 둥……. 은정이는 그런 엄마를 미워했다. 은정이는 엄마의 행동에 불만이 쌓여 갔다. 엄마가 아닌 계모라고까지 했다.

은정이 엄마는 학부모 간담회가 있으면 열일 제쳐두고 나타난다. 하지만 은정이 엄마의 관심은 오로지 보험 가입이다. 볼일을 보고 나면 행사가 끝나기도 전에 가버린다. 은정이 엄마는 은정이 때문에 찾아간 점집조차 영업 대상으로 만드는 능력을 갖고 있었다.

은정이 엄마는 보험 가입자를 늘리기 위해 외도를 하는 일도 가끔 있었다. 10년 이상 보험 일에 종사하면서 숱한 사람을 만났으니 사람을 구슬리는 일은 경지에 달해 있었다. 은정 엄마는 한 사람을 가입시키면 그 사람의 가족과 친척뿐 아니라 회사 동료들에게까지 손을 뻗쳐 몇 배의 사람들을 가입시켰다. 등산 모임, 라이온스클럽, 학교운영위원, 동창회, 번영회, 부녀회 등 각종 조직이나 모임에 회원으로 가입한 것도 고객을 늘리기 위한 수단이었다. 저돌적이다 못해 공격적인 영업으로 그녀는 회사 내에서 가장 많은 고객을 끌어들인 공로로 연봉도 높았다.

은정이는 초등학교 5학년 때부터 엄마에게서 완전히 돌아섰다. 그리고 자신과 처지가 비슷한 불량한 애들과 하나 둘씩 만나기 시작했다. 머리와 옷차림부터 확 바꿨다. 얼굴 화장도 짙게 하고 손톱에 색칠도 했다. 은정이의 단정치 못한 옷차림은 남자들의 표적이 됐다. 하지만 은정이는 오히려 남자보다 한 수 위였다. 남자들의 손길이 오기도 전에 먼저 남자를 제 몸으로 끌어당겼다. 은정이의 저돌적인 행위에 남자아이들은 묘한 감정을 느꼈다. 남자아이들은 못이기는 척 은정이가 원하는 대로 해주었고, 은정이는 그럴 때마다 희열을 느꼈다.

중학교에 들어가면서 내가 나쁜 애들과 놀아나자 아빠는 술을 많이 마셨다. 아빠는 나쁜 애들과 어울리지 말라고 밤새 얘기했지만 나는 고집을 꺾지 않고 매일 나쁜 애들과 놀았다. 노래방도 가고 술 담배도 하면서 학생 신분을 벗어나는 일만 골라서 했다. 중학교 시절에 개망나니 짓을 제일 많이 했다. 학생이 하지 말았어야 할 행동들을 나는 거리낌 없이 했다. 짧게 잘라버린 교복치마에 짙은 화장, 그리고 긴 속눈썹을 붙이고 요란한 귀걸이까지 하고 다녔다. 심지어 폭력서클에 가입하여 주변 친구들에게 위협을 주고 돈을 뺏기도 했다.

그런데도 아빠는 내게 폭력을 쓰지 않았고, 그런 아빠가 바보 같다는 생각이 들었다. 아빠의 잔소리는 늘어났고, 잦은 결석에 나쁜 행동을 했지만 학교에서 제적되지는 않았다. 다른 학교 같으면 이미 학생을 포기했을 테지만 내가 학교에서 무난히 졸업할 수 있었던 것은 담임선생님이 아빠를 조폭으로 생각하고 무서워했기 때문이다.

난 학교에서 징계를 받거나 제적당하려고 무진 노력했다.

중하고 성적은 바닥을 기었고, 반 애들 사이에서 '농땡이'
라는 딱지가 붙여졌다. 아이들은 아빠를 조폭으로 인식했기
때문에 나 또한 자연히 조폭의 딸로 불렸다. 난 여학생이지
만 남자처럼 주먹과 발길질을 했고, 건달처럼 팔자걸음을
걸었다. 이쯤 되자 애들은 쉽사리 아빠를 놀리거나 나한테
허튼 소리를 하지 않았다. 매서운 내 눈만 봐도 꼬리를 감
추려 했다. 나에게 학교는 공부하는 곳이 아니라 골목대장
노릇을 할 수 있는 최고의 장소였다. 그 누구의 간섭도 없는
곳이 되어 버렸기 때문이다.

빡빡머리 아빠

고등학교를 겨우 졸업한 은정이 엄마는 초등학교를 중퇴한 남편을 만나 결혼했다. 은정이 엄마가 남편의 학력을 안 것은 결혼하고 나서였다. 그것도 은정이가 아빠 친구들이 모두 초등학교 동창인 것을 보고 이상하게 여겨 추적해서 알아낸 사실이다. 은정이 아빠는 대형 트럭을 몰기도 하고, 일자리를 구하지 못하면 공사장에서 막일을 하기도 했다. 은정이 아빠는 학력에 대한 콤플렉스를 극복하기 위해 공자나 명심보감 같은 책을 자주 들여다보고, 신문에 나오는 뉴스를 딸들에게 말해주곤 했다.

은정이 엄마는 남편의 빡빡머리와 외모가 싫었다. 자신이 조폭의 아내처럼 비춰지는 것도 그렇지만 영업과 자식들의 성장에도 방해가 된다고 생각했다. 유치원과 초등학교 졸업식 때 사람들의 눈길은 행사보다 은정이 아빠의 외모에 가 있었다. 사람들은 은정이 아빠와 거리를 두고 섰고, 아무리 복잡한 공간에서도 남편 주변은 항상 여유로웠다. 그렇지만 은정이 아빠는 주변 사람들을 의식하지 않았다. 그 어떤 구슬림도 소용없었다. 은정이 엄마는 남편이 좋아하는 고급 승용차를 사주기도 했지만 남편은 머리에 관한 한 절대 양보하지 않았다.

은정 NOTE

할아버지는 아빠가 어렸을 때부터 걸핏하면 매질이나 주먹질을 했다. 성적이 좋지 않다는 이유, 심부름을 늦게 했다는 이유, 밤늦게 들어왔다는 이유, 편식을 했다는 이유 등등 사소한 일에도 여지없이 말 대신 주먹이 날아왔다. 할아버지는 한번 화를 내면 끝을 보려는 듯 피가 나고 일어서지 못할 정도로 폭력을 썼는데 아빠는 말 한 마디 하지 못하고 맞기만 하고 자랐다.

중학교에 다닐 때는 학교에서 두발검사를 하는 일이 많았는데 아빠는 빡빡머리라는 이유로 항상 선생님의 미움을 샀다. 그 시절엔 학생들 머리 규정이 스포츠형 머리였는데 손가락 한 마디보다 머리카락이 길면 여지없이 두발 단속에 적발되었다. 그 대가로 머리 한가운데를 바리캉으로 밀어버리는 일명 '고속도로'를 놓았다. 그렇게 되면 두발 단속에 걸린 학생들은 빡빡머리를 할 수밖에 없었다. 그러자 반항적인 아이들은 아주 일 년 내내 빡빡머리를 하고 다녔고 이를 못마땅히 여긴 선생님들은 징계를 주거나 청소를 시켰다. 아빠는 곱슬머리 때문에 일부러 빡빡머리를 했는데 선생님은 이를 오해해 힘든 학교생활을 해야 했다. 각 과목 선생님에게 일일이 변명하려니 지치는 일이었다. 하지만 아빠에게는 혼혈아니 머리를 기름에 튀겼다느니 하는 말들이 더 고통스러웠다.

아빠는 빨리 어른이 되는 게 꿈이었다. 어른이 되면 그 누구도 간섭하지 않을 것 같았다. 아빠는 평생을 머리 외엔 생각해 본 일이 없다고 했다. 여자가 머리를 갖고 시비를 걸면 결혼을 취소하겠다고 할 정도로 아빠의 자존심은 강했다.

아빠는 엄마 대신 요리도 하고 우리를 놀이공원에 데리고 가기도 했다. 엄마가 늦게 들어오는 것도 다 아빠 때문이라는 것을 우리는 알고 있다. 그렇지만 우리는 아빠가 온화하고 인정이 많은 사람이라는 걸 안다. 그래서 난 아빠와 더 친하다. 아빠는 다른 사람들이 생각하는 그런 조폭이 아니다. 내가 아빠의 머리에 시비를 거는 것도 아빠의 깊은 사랑을 느끼기 때문이다.

운전 일을 하던 아빠가 직업을 바꿨다. 큰 탱크로리를 몰고 다니다가 작은 승용차를 타고 서해안 고속도로를 달려서 영흥도에 있는 화력발전소로 간다. 운전대를 잡던 두 손이 이젠 용접계와 각도기를 잡는다. 가방끈이 짧은 아빠에게 제일 편한 일은 운전 일이지만 꿈도 크고 하고 싶은 것도 많은 큰딸을 위해 더 많은 돈을 벌려고 노가다판으로 발길을 돌린 것이다. 아빠는 화력발전소 건설 현장에서 일용직 노동자로 일하면서 근처 모텔에서 숙박하고 2주에 한 번 집으로 온다. 그런 아빠 때문에 집안 형편이 겨우 나아지기는 했다. 그래서 조금은 편해졌다. 중년을 걸어가는 아빠는 밑바닥부터 차근차근 밟아 올라가기엔 늦었다는 것을 알았지만 그럼에도 포기하지 않았다. 아빠는 모르는 게 있어도 자존심 때문에 사람들에게 물어보지 못한다. 대신 그것들을 싸들고 나에게 와서 묻는다. 중3이 배우는 피타고라스 정리를 모르는 아빠이지만 나는 화를 내지 않고 더 자세하게 알려 준다.

아빠는 새로운 일터에 적응하기 힘들 텐데도 잘해나가고 있다. '하고 싶다'보다 '해야 한다'라는 마음이 더 많지만 티 한번 내지 않고 버티고 있다. 목구멍이 포도청이라지만 가족부터 챙기는 아빠가 할 수 있는 일은 더 참고 더 세게 허리띠를 졸라 매는 것뿐이다.

영흥도라는 외딴 섬 병원에서 응급처치를 받은 아빠는 서울의 큰 대학병원에서 다시 검진을 받았는데 의사가 내린 진단은 뇌출혈이었다. 그렇지만 경미하고 운이 좋았다고 하며 직접적 원인은 과로와 스트레스라고 했다. 마음이 아파왔다. 휑한 가슴에 누군가 돌을 툭 하고 던져 놓은 것처럼 슬픔 같은 것이 느껴졌다. 아빠는 한 푼 더 벌어보자고 닥치는 대로 일했던 것이다. 과로에 스트레스, 그리고 군데군데 찢어지고 긁힌 상처, 피멍이 든 엄지손톱이 보였다. 아빠는 이곳에서 빠져나가 보려고, 좀 더 잘살아 보려고 발버둥칠수록 더 깊숙이 빠져들었다. 어느새 대한민국 노동의 산증인이 되어버린 아빠의 머리에 흰 머리카락이 송송 자라고 있었다.

아빠는 6인 병실에서 심심하다며 내가 수업을 마치는 시간이 되면 한 시간에 한 번씩 전화를 걸어온다. 밥은 먹었는지, 학교에선 뭘 배웠는지 물어본다.

지금 내 휴대폰에 별이 떴다. 별일 아닌 일에 웃음 짓는 아빠가 나를 부르는 소리다.

희망을 꿈꾸다

은정이가 글쓰기를 꾸준히 하게 될 줄은 몰랐다. 이제 은정이는 글공부를 하지 않았다면 가출했거나 죽었을지도 모른다는 말까지 한다. 은정이가 마음의 문을 열기 시작하면서 말과 행동에도 큰 변화가 일어났다.

어떤 언어를 쓰느냐에 따라서 우리 마음도 춤을 추듯 변한다. 외부에서 공격적인 언어가 들어오면 분노와 모멸감이 일어난다. 언어는 행동까지도 바꿀 수 있는 것이다. 여전히 기죽지 않고 과도한 장난기는 그대로이지만 은정이의 거칠고 짧았던 말투는 부드럽고 다양해졌다.

은정이는 내가 하는 일이라면 무엇이든 발 벗고 나서서 돕는다. 눈치가 빨라 무슨 일이든 지시도 하기 전에 재빨리 알아차린다. 그동안 가족관계 때문에 우울하고 소외됐던 은정이의 삶에 점점 활기가 생겨났다. 은정이는 물어보지도 않았는데 집에 친척이 방문한 이야기까지 시시콜콜 말한다. 김밥이나 치킨을 사 들고 와서 같이 먹자고도 하고, 수업이 끝나도 집에 가지 않고 끊임없이 이야기를 한다. 그러다 보니 간혹 우리 집에서 자고 갈 정도로 가까워졌다.

은정이는 내가 다른 애들과 상담을 하고 있을 때면 차를 내오거나 하면서 꼭 끼어든다. 수련회를 갈 때 은정이의 역할은 더욱 빛난다. 집기나 상품이 들어 있는 물품박스를 개봉해서 제 위치에 깔끔하게 정리한다. 은정이의 부지런한 손놀림 덕분에 다른 애들은 할 일이 별로 없다. 은정이는 음식도 잘한다. 엄마가 바깥활동을 하다 보니 초등학교 때부터 가정 일을 전담하다시피 했기 때문이다. 은정이 엄마는 자정이 넘어서야 집으로 들어와서 은정이는 동생 밥까지 챙겨야 했던 것이다.

집안이 안정되지 못하면 기가 꺾일 법도 한데 은정이는 대나무처럼 등을 꼿꼿이 세우고 다닌다. 남한테 빌붙거나 얻어먹는 일이 없는 은정이는 세상에 나가면 그 무슨 일이든 해낼 수 있다는 당당함을 가지게 된 것이다. 은정이는 다시 한 가닥 희망을 붙들었다.

은정
NOTE

나는 중동 전문 파견기자가 꿈이다. 아니 아랍계 방송국에서 일하고 싶다. 그러기 위해선 아랍어를 배워야겠다고 생각했다. 아랍어를 배우려고 사우디아라비아, 쿠웨이트, 아랍 에미리트 등의 대사관에 전화를 해봤지만 따로 가르쳐 주거나 하는 건 없다고 했다. 그래서 한국외대 아랍어과 홈페이지를 클릭해 봤다. '이슬람문화 강의'라는 글자가 보였고 평소의 나답지 않게 개강 날짜와 가는 길, 약도까지 꼼꼼하게 체크한 뒤에야 마음이 놓였다.

언어는 한 시대의 역사만을 표출하는 것이 아니라 이 시대의 흐름과 함께 변화해 간다는 것을 알았다. 내가 아랍어 교재를 사서 첫 장을 펼쳤을 때 느꼈던 약간의 이질감과 호기심은 그 꼬불꼬불한 모양의 언어에 배어 있는 문화를 잘 모르기 때문이다. 이슬람문화, 아랍문화를 배우기로 했다. 강의 첫째 날도 둘째 날도 나는 항상 첫 줄 정중앙에 앉아서 2시간 강의를 듣고 쓰고 녹음까지 하면서 배우고 있다. 이슬람문화와 중동문화의 실상과 종교에 대해서 배웠다.

'내가 아는 것을 남에게 알려주기 위해서는 내가 지도자

층에 있어야만 가능하겠지?' 라고 생각한 지 얼마 되지 않았을 때 주위에서는 내게 이런 말을 했다.

"네가 임마, 공부나 하지 무슨 이슬람문화를 배우냐? 그렇게 오지랖이 넓어서 쓰겠냐? 다 헛고생이니깐 학교 공부나 열심히 해. 그게 훨씬 더 유리해! 아직 너는 뭐가 앞이고 뒤인지 모르고 있는 거야!"

수도 없이 들은 이 말을 난 다르게 생각하기로 했다. 다들 코앞에 있는 것만 생각하는데 나는 조금 더 멀리 보는 것이기에 사람들이 받아들이지 못하는 거라고.

말하지 않는 아이들의 속마음

초판1쇄 발행 2019년 9월 3일
개정판 발행 2019년 12월 10일

글쓴이 이다빈

편집, 디자인 신지현

펴낸곳 아트로드
펴낸이 신지현
출판 등록 2018년 9월 18일 제010-000154호
주소 경기 고양시 일산동구 강송로169 한주프라자 503호
전화 031-906-6220
팩스 0303-3446-6220
전자우편 artroadbook@naver.com
홈페이지 artroadbook.modoo.at
인스타그램 @artroad_book

ISBN 979-11-967944-0-8 (03810)

이 도서의 국립중앙도서관 출판예정도서목록(CIP)은 서지정보유통지원시스템 홈페이지(http://seoji.nl.go.kr)와
국가자료공동목록시스템(http://www.nl.go.kr/kolisnet)에서 이용하실 수 있습니다.
(CIP제어번호: CIP2019033071)